让一生活出三世的精彩

张喜英 著

线装书局

图书在版编目（CIP）数据

让一生活出三世的精彩 / 张喜英著. -- 北京：线装书局，2020.8

ISBN 978-7-5120-3951-3

Ⅰ. ①让… Ⅱ. ①张… Ⅲ. ①散文集-中国-当代 Ⅳ. ①I267

中国版本图书馆 CIP 数据核字（2019）第 295258 号

让一生活出三世的精彩

作　　者：张喜英
责任编辑：程俊蓉
出版发行：线装书局
　　地　址：北京市丰台区方庄日月天地大厦 B 座 17 层（100078）
　　电　话：010-58077126（发行部）010-58076938（总编室）
　　网　址：www.zgxzsj.com
经　　销：新华书店
印　　制：北京长宁印刷有限公司
开　　本：880mm×1230mm　1/32
印　　张：10
字　　数：202 千字
版　　次：2020 年 8 月第 1 版第 1 次印刷
印　　数：0001—4000 册

线装书局官方微信

定　　价：62.00 元

为我和我的家庭珍藏一份无价的财富

为我的子孙后代留下祖先奋斗的足迹

为闯荡打拼的中国人记录真实的历史

为读者展现海外华人多彩人生的画卷

——感谢清华学长孙怒涛为本书出版

给予的多方面的支持与帮助

序

你可能看过旅行世界的游记，但你不一定看到从业或求职者经历的风尘世情；你也许到过美国的加利福尼亚州，但你不一定到过斯坦福大学；你也许从大学校门前走过，略扫一眼，但你不一定见过斯坦福大学的毕业盛典，尤其不会看到一位3岁半的孩子站在那儿，等着给授学位的爸爸送润喉糖的画面。

这就是喜英的随笔，这本《让一生活出三世的精彩》别具特色的描写，这就是那种大场面中的小细节，场面再宏大，也不淹没人性的光泽。

从优雅线条的状元桥上走过，从斗拱结构的棂星门走出，从二中文庙走到水木清华园，从北京走到东南亚，从东南亚走到大洋彼岸、欧洲、北美，这种大跨度，眼见为实形成的比较、反差、思索、烘托，形之于笔端，行文便摇曳多姿，不拘一格。多元文化的结晶犹如宝石棱角，闪烁着舍我其谁的个性。

这是喜英的眼界，也是她的心结，是她的所长，也是这本散文随笔聚而为集形成的独特魅力。

今年端阳节，远在加拿大枫叶丛中的校友喜英发微信说新书即出，请为其序。

学妹出书，理当置贺，我们文字之交多矣，深矣，亦神矣。

4月底，清华校庆时，老校友们在“校训”前留了一张合影，我给喜英发过去，她欣喜地品详一番。然后说，有三分之一我都认识，有一些，还是我的朋友。赞许之色溢于言表。转轴拨弦三两声，未成曲调先有情。一切尽在不言中。

这是我欣赏的态度。上个月，我参与续编我们母校的《二中情缘》，我将喜英回忆新加坡生活的文章选入，同时加了一段按语：“张喜英是二中校园较早进入清华园学习的校友。去年，海内外清华学子在《一个值得关注的特殊文学现象》中对清华理工科校友的文学写作进行了一番述评，把清华出身的作家进行辑录，校友张喜英女士赫然在目，海外赤子心，犹在汉语中。”

近年来，清华大学理工科校友，创作了大量文学作品，这么多的作家，这么多的作品，令人瞩目。有人把这一现象称为“清华现象”。

从喜英的这本集子里，也可以斑窥豹，看出这个群体的特点，题材广泛，视角新锐，写作风格独特，对不同国度的文化现象有准确精细的描述，其中，理工女更体现出细腻柔美的心理捕捉能力。

从这个集子里，还可以看出作者对传统文化的喜爱，她的书架上一直保留着《古文观止》、《礼记》、唐诗宋词等汉语精粹，在行文中也不时闪现出古诗词的吉光片羽。

同时，这个理工女，还饱满地充溢着文化人的天生敏感，她在美国西部一个曾经的银矿旧址，对那位优雅的女作家生活的感叹：在这温泉小镇，优哉游哉地生活。

“俨然一个西方桃花源。中国的桃花源中人是为避战乱，西方的桃花源中人是为避繁华。这两种桃花源中人有着本质的不同，前者是无奈，后者是自愿，因而后者也就达到了陶渊明的境界——心不为形役，选择心驰神往的地方居住在这里，他们离繁华远了，却离人性、人情更近了。我想这实际上是人的真正需求的回归。在满足了物质文明之后，人的心所向往的是大自然的怀抱，是人与人之间的亲近。我期盼着也许有一天，中国人将不再涌向大城市，而是涌向小山沟，在那里找回我们曾经抛弃但却是真正值得珍惜的东西，到那时，中国就是一个真正富裕的国家了。”

真是既非老外也非老内的特殊身份才有的点睛之笔。

这种生活，可不是旅游所能见到的，而是潜下身来，安下心来，进入生活的内陆，进到真实的生活层面中，这才是旅游的文化境界。

我们在一次聊天时，喜英说起 2005 年的一件事，为了看夕阳余晖下的巴黎圣母院，曾在它对面的咖啡馆里花 4 个欧元要了一小杯黑咖啡坐了 4 小时。

这就是诗人！我回道：四欧元买了一段时光剪影，值！

虽然有时也不免遗憾，比如寻找读书人心中的麦加，伦敦查令十字街84号，千辛万苦找到，却已经不是海伦巴望了20年的那所专营绝版书的店面，兀然变成一间麦当劳，大约没有任何一个旅行团会安排这样的活动，这是读书人自己的朝圣，不曾见到心仪的十字街84号，但对世风变化的感受已在过程中完成了。读者与作者同样会发出一声叹喟。

山西作家协会理事

中国作家协会会员

毛守仁

2019年6月9日，于罕山望

目录

第一部分　在新加坡打拼的日子

第二部分　加拿大的诗与远方

第三部分　美国往事

第四部分　散文随笔

第五部分　走遍世界

第一部分

在新加坡打拼的日子

新加坡找工作

离开新加坡22年了。现在闲下来了，时时会想起过去的点点滴滴。想起自己在20世纪90年代初趁着出国闯荡的大潮在新加坡摸爬滚打的7年时光。有苦、有甜、有心酸、有愉悦。虽然诗意不多，也不算是太远的远方，但是那些日子里经历的人和事依然像一粒粒珍珠在记忆中不时闪现。我想用时光的丝线将它们串起来，那将是我们第二代下南洋的中国人的一段历史中的几朵跳跃的浪花。朵朵浪花组成了一股大潮。据2009年新加坡的一项统计，自1990年新加坡与中国建交后来自中国大陆的移民将近30万人。我有幸成了这波浪潮的前浪。太平洋东岸后浪推前浪，前浪跑到洋对岸。

我的下南洋是一个偶然。起源要追溯到20世纪80年代的后期。当时的新加坡副总理吴庆瑞是个中国通。“应邓小平的邀请，1979年吴庆瑞第一次来华访问。邓小平会见时表示，希望他退职后接受我们的聘请，担任我们国务院的经济顾问。吴庆瑞表示同意”【摘自首任中国祝新加坡大使张青在《人民日报》（2001年09月21日第十一版）上发表的文章《邓小平请来的经济顾问》】，他知道中国有许多人才没有得到足够的施展机会，而新加坡经济起飞急需人才，于是他与李鹏分别代表新加坡和中国签订了分两批（每批20人）从中国聘请专家的协议。具体执行单位由当时的劳动人事部负责。我先生属于第二批。第二批里比较著名的专家有当时的上海植物研究所所长许智宏（后来的北大校长）、广州大学副校长、国际模糊系统协会副主席汪培庄等人。新加坡给这批专家的待遇算是不错的。每人分配一套三室两厅的高档公寓，每月 1600 新元的生活补贴（当时一新元兑换五元人民币）。最重要的是，可以带家属，而且家属和孩子每人每月有 400 新元的补贴。合同为期 3 年，3 年满后要回国（事实上 90% 都在合同将满时偷偷跑到了美国或加拿大，这是后话）。

先生到新加坡 1 年后，我获得了探亲许可。在 1990 年年底，我到新加坡与先生团聚。

20 世纪 80 年代后期 90 年代初期，新加坡的经济蓬勃发展，而人才的匮乏是新加坡经济发展的主要障碍。区区 40 个中国专家只是杯水车薪，根本满足不了新加坡的人才需求。因此新加坡政府开放了以私人身份从中国招聘人才的通道。在我去新加坡时，新加坡经济发展局成立了一个专门从中国引进人才的公司，该公司名为 Gateway。负责人是一位在澳大利亚留过学且热爱中华文化、诗词写得很好的基督徒李先生。

12 月的某一天，我先生工作的新加坡国家电脑局信息技术研究所的高管洪先生单独找到我先生，问询我先生能否推荐中国电脑工程师以私人身份到新加坡工作。我先生说：“太巧了，我夫人就是做电脑的，现在就在新加坡。”于是，洪先生就把我介绍给吴庆瑞的秘书 Grace——一位漂亮可爱的年轻小姐（后来我们成了好朋友），Grace 带我去见 Gateway 的经理李先生。李先生高高大大，温文尔雅，我是他刚刚成立的这家公司（现在应该叫作猎头公司）的第一个猎物。简单交谈过后，李便把我带到新加坡经济发展局属下的自动化应用中心去见公司经理林先生。林先生见到我这个猎物有点喜出望外，简单问过我的经历后就邀请我共进午餐。午餐时他说马上可以给我办 Employment Pass（政府签发的雇用准证）。给我的薪水是每月 1800 新元，我粗粗一算，折合人民币 9000 元，当时我在国内的薪水每月也就是 100 多元，一年 1000 多元，新加坡的一个月的薪水赶上我在国内多年的收入了。当时喜不自禁，后来才知道，给我的薪水实际上比大学刚毕业的学生高一点点（当时新加坡的大学毕业生起薪 1500 新元）。公司为我提供搬家费，为我和儿子提供机票。一切看上去都很美。接下来就问我什么时候可以到公司上班。我说在中国办私人护照是一件很麻烦的事情，短则三五个月，长则半年以上（我当时是持公务护照赴新短期探亲的）。林先生说，你抓紧时间办，雇用准证有效期半年，如果半年内你办不下来，我们会给你延期。

为办私人护照我被折腾得脱了几层皮。记不得盖了多少章，求了多少人，跑了多少路。当一切都搞定时，我长舒一口气，看着刚刚分到手才住了一年多的位于清华东南小区的两室一厅的房子马上要交出去时，我有点留恋，毕竟我为了这套房付出了八年的时光（据说这套房现在每平方米 10 万元以上）。

打点家里的家具，能带走的除了几件衣服以外，就是积累的书籍。我怎么舍得把那些世界名著、唐诗宋词、古文观止等送人或者卖掉呢，它们是我的精神家园啊。至于家具什么的都送了人。我把能托运的托运，不能托运的装满大大小小的箱包，带着淘气的儿子登上了去新加坡的航班。由于我带的东西太多，以至我刚一登上飞机，那个装行李的小拖车就倒了，大包小包散落一地。我心里害怕，因为这些东西远远超过了允许携带登机的总重量。正在我忐忑不安时，走过来一个空中少爷，提起我的大包小包走到我的座位前，安安稳稳地把东西给我放好，并且给我一个温暖的微笑。都说新航服务世界一流，在此时得到了验证。

经过将近6个半小时的飞行，飞机在晚上11点钟左右到达了新加坡樟宜机场，还是那位空中少爷走过来帮我把行李拿下来放到小推车上。我吃力地把这些东西拖出飞机。找到一个机场专用的行李推车，把行李放上去。儿子看到机场的行李车，觉得很好玩，推着行李车乱跑。我又要管行李，又要管儿子。几乎是最后一个走出机场的。先生在机场外面等我。李先生事后告诉我，他来接我，一直到机场不再有人出来才离开。他说，他接了几千个来自中国的人，我是他接的第一个，也是唯一一个没有接到的。

回到先生的住处洗漱完毕已经半夜。睡了两三个小时便起床去上班。从此开始了在新加坡辛苦打拼的码工生涯。

新的工作，新的生活

下飞机的第一天就开始了新的工作。我做的项目是香港龙凤集团属下的一间制衣厂的自动化生产线的编程工作。那家工厂生产名牌牛仔裤LEE。我们项目组有6个人，3个做硬件，3个做软件。我是做软件的。

新加坡是一个等级森严的社会，人被分成许多等级。比如，白领比蓝领地位高，在那间制衣厂，蓝领与白领甚至使用的电梯都不同。而白领里面，英校生又比华校生地位高。所谓英校生就是从小接受英文教育的，英语好的人。所谓华校生，就是中小学上华文学校，以华语为第一语言的。新加坡由于曾经是英国殖民地，所以通用语言是英语。英语讲得好自然就升得快，而他们也自认为高人一等。

高人一等的人有许多奇怪的显摆方式，比如我们居住的地方是新加坡国立大学老师居住区（Gillman Heights）。新加坡国立大学致力于聘请从美国英国等世界名校毕业的人任教。于是在我们小区的停车场居然会看到车牌上有哈佛、牛津等标识。

我的同事知道我家在那个地方住（他们认为是高尚住宅区），就要求到我家去看看。很是羡慕。

而大多数新加坡人见识很少，在他们眼中，中国是小渔村（从祖先那里听到的），于是他们会问：中国有抽水马桶？一次我搭出租车，司机问我是做什么工作的，我说是做电脑的。他问，你在什么地方学的电脑，我说在北京。他惊奇地说："中国有大学？"

真让人哭笑不得。

说回我的工作。我们项目的管理人是一个英校生，他对电脑懂得很少，仗着英语好，高高在上，动不动就骂人。他甚至连拷贝文件都不会。有一次他让我到他的办公室帮他复制软盘。我进去时看见他在打游戏。

我们项目的联调在一个废弃的大仓库进行。那个大仓库是铁皮屋顶。新加坡地处赤道附近（北纬 1.09 — 1.29），每天的温度都在 30 摄氏度以上，那个铁皮屋顶经太阳一晒，像个烤箱，没有窗，更不会有空调，连个电风扇都没有。高温加上高湿度，每天都是泡在汗水里。我们联调到了最紧张的阶段，原先写核心软件的一位来自马来西亚的工程师撂挑子走人了。老板就让我接过了他的摊子。工作重，bug 又很多，联调进行得很困难。我差不多每天天不亮就出门，晚上十点以后才回家，整整 3 个月没有休息过星期六星期日。热得起了一身痱子，这是我人生第一次起痱子。就这样，那个英校生老板每天下午来一趟，待上不到 20 分钟，这 20 分钟就是骂人。而我们的项目组长是一个华校生，唯唯诺诺，连个屁都不敢放。我实在忍不住，在这个英校生老板又一次指责我们时，我气愤极了，我对他说：谁愿意在这个烤箱里多待一分钟？谁不知道有冷气的办公室舒服，我们这样辛苦地加班加点就是为了项目早点完成。你若再这样训斥我们，我就不干了，我明天就回办公室去！这个英校生真是个欺软怕硬的怂货，自此以后再也没有骂过我们。没过多久他也被炒了鱿鱼。他人品很差，临走时企图偷偷带走我们的项目软件，被公司发现，他不得不退回软盘。我发现他在退回的软盘上扎了许多洞，企图以此破坏软件。事实上这种做法一点意义也没有，软件的备份有许多。他这样做太愚蠢了。

蕉风椰雨的新加坡

新加坡位于北纬 1.09 — 1.29 度，面积 721 平方公里。人口从我在的时候的 300 多万人已经上升到 500 多万人了。据说又有许多新的高大上的建筑矗立在这个小岛上。我是再也不会去看那些摩登的新建筑了。我愿我的记忆中永远留存着 20 世纪 90 年代新加坡的样子，我愿那几个能产生诗意的景点永远是鲜活的，不被新建筑所替代。

◎ 与儿子在新加坡乌节路圣诞夜合影

我的记忆里永远都留存着乌节路的圣诞装饰，那是我第一次看到彩灯闪烁的圣诞树，上面披着棉花做的白雪。汗津津地走在拥挤的乌节路上，那棉花做出的雪也能带给我一丝想象中的凉意。

我记忆中的圣淘沙除了细软的沙滩，风情万种的椰子树，还有一棵高大的芭蕉树。

28 年前我牵着儿

◎与儿子在圣淘沙合影

子的手在那棵树下留影，28年过去了，当时的淘气包已经为人夫为人父，在世界高科技的中心美国硅谷谷歌与他的父母一样打拼。但在母亲眼中，他永远都是芭蕉树下的那个淘气可爱的小男孩。

我记忆中的牛车水永远飘着榴梿的味道。记得第一次闻到这种味道时，我立马捂住了鼻孔。而后来我竟然爱上了这种闻起来臭吃起来香的果中之王。当我的邻居用它做粥，并且热情地端给我一碗让我品尝时，我先生躲得远远的（他至今不能接受榴梿），而我却认为这的确是一道美食。

我记忆中的小贩中心（食阁）永远都是人头攒动，卖饭的满头大汗，吃饭的大汗满头，暑热的空气中飘荡着肉骨茶、海南鸡饭、咖喱鱼头的香味。

由于新加坡地域狭小且靠近赤道，它的气候几乎是恒年不变的。新加坡的天气预报最有意思，几乎每天都一样："我国明天的天气是：最高温32摄氏度，最低温28摄氏度，局部地区有阵雨。"

新加坡地方小，可以游玩的景区实在太少。在暑热难熬的日子里，许多新加坡人喜欢去购物中心，女孩子们买东西兼乘凉，而许多人是为了泡冷气。当李先生得知我不喜欢 shopping（购物）时，很惊奇，他说很少有女孩子不喜欢 shopping 的。他问我，你周末去哪里？我周末自有我的休闲之地。

去的最多的是一些画廊。新加坡没有四季，对于我这样一个有点小资情调的女文青，思念四季是我浓浓的乡愁。我在画廊里找到了春夏秋冬。不记得有多少个燠热难耐的周末，我在画廊里体验春去秋来的四季变化。记得一次我站在一幅画前发呆，那是一幅水墨丹青，画面上是几棵垂柳，叶子快要落光了，长长的柳丝随着秋风起舞，那秋风的寒意竟让我不自觉地抱起了双臂。画廊的主人很奇怪，他问我，你冷吗？我说，是画面上的秋风冷。想要给他解释秋风中的感觉但又打住了，对没有经历过四季变化的新加坡人讲述四季是我痛苦的经历，无论如何也讲不清楚。更别说这种悲秋伤春的小资情调了。

去了那么多次画廊，却没有买一幅画。画廊的主人也都熟悉了，与他们轻松地聊着天，听他们抱怨生意难做。画廊的洪先生，你还记得那个只看画却从不买画的大陆来的女人吗？也许你早已退休了，我愿你健康长寿。

休闲的另一个去处是裕廊东地铁站里的一间书店，我在那里第一次读了李敖的书，并且被他桀骜不驯的文风所吸引。由于舍不得花钱买，就在书店里看，我常常是一站一下午，在书店里读的书除了李敖，还有旅美台湾作家於梨华的《又见棕榈，又见棕榈》，董桥的散文，以及在国内读不到的许多台湾和香港的作家的作品。不知那间裕廊东地铁站的书店安在否，永远难忘在那里沉浸在书籍中的快乐时光。

新加坡的天气是一年等于一天，一天等于一年也等于永远。记得我家客厅的窗外有一片小树林，枝叶繁茂，像一幅油画，很美。刚开始时很为它着迷。但是，几年过去了，那片树林就从未变过。没有季节的变化，自然树叶的颜色就不会变。有一天我再次望向窗外，居然产生一种错觉，觉得那片小树林不是窗外的风景，而是嵌在窗中的一幅画。那片画中的小树林，你们依然静好吗？对于寸土寸金的新加坡，保留一片小树林太不容易了。

申请永久居留

在新加坡工作3个月后，我就有了申请永久居留的资格。在申请之前，我问了不少人。有人说，至少要半年时间，有人说，半年也拿不下来。我的印度籍的同事克瑞施南说他的申请递上去一年半了，至今无消息。不管了，先提交申请就是了。申请递上去3个星期后，我接到新加坡移民局的信，我的永久居留申请批准了！我拿着那份信反复看，不相信会这么快。后来有人调侃我，说我定是认识李光耀，因为从来没有听说过永久居留申请这么快批下来的。我与儿子一起得到了新加坡永久居民的身份是一件非常重要的事情，它使得我先生在3年合同期满后可以遵照合同回国，然后以探亲身份回新加坡（这里有许多有趣的故事，见后续）。

当时还有一些被新加坡的私人猎头公司从中国招聘电脑工程师，我们认识其中的几位，知道他们被残酷盘剥的情况。他们大多是通过一家叫作EastTech的公司招聘到新加坡的。每人每月的薪水是800新元，不到我的薪水1800新元的二分之一。而且要签三年合同，也不给他们办永久居留。老板心太黑了，他把这些人提供给各个用人公司，从用人公司那里拿到应该得到的薪水，他留下大部分，把小部分发给这些辛苦工作的中国人。这些中国人要用微薄的薪水生活，还要寄一部分回国养家，有的人甚至要给原单位上交一部分钱。他们租很小的房子，买最便宜的生活用品。我认识的一位来自上海的朋友，会理发，他给朋友们理发。

他甚至会给自己理发。为了生活，他们在工作之余还要兼做其他工作。做得最多的是为新加坡的孩子们补习中文。这是由于李光耀先见之明地认识到随着中国经济的发展，中文变得有用了，于是掀起了“华人华语”运动，并且在中小学加强了华文教育。从歧视华语到重视华语，李光耀的主张是完完全全的实用主义。但是学过英语的孩子们觉得华语太难了，常常考不及格。孩子们的父母只好找课外补习老师为孩子补习华文。这为许多中国来的人找到了挣钱的机会。我认识一位出国前在中国人民大学当政治课老师的女士在新加坡就以补习华文为生，过得也不错。

到马来西亚出差

我们研发的制衣厂自动化生产线在新加坡永泰制衣厂成功使用之后，香港龙凤集团要把它安装在马来西亚霹雳州一个名叫瓜拉江沙的小城的制衣厂里。这就要求这个项目的技术人员前去安装调试并且培训当地技术人员。项目组的其他成员进出马来西亚不成问题，但是对于持中国护照的我（虽然我已经是新加坡永久居民）却是大问题。公司为我申请赴马签证，久久签不下来。后来是公司经理林先生（他出身于马来西亚富商）通过私人关系找到霹雳州议员才帮我拿到签证。

到达马来西亚制衣厂所在的小城瓜拉江沙，我被安排在一间简陋的旅店。夜里睡下后，天还未亮，就被高音喇叭吵醒。揉揉惺忪的睡眼细听，一个男人咿咿呀呀好像在念诵着什么，一句话也听不懂。后来才知道这是穆斯林的早祷。马来西亚是个伊斯兰国家，人口总数的 61%（1950 万人）是穆斯林教徒。

到了马来西亚才知道这个国家是一个更加不公平的社会。首先是华人被歧视。在 1957 年，马来西亚华人占马来西亚人口总数的 45%，到了 2010 年占比下降到 22.6%。这里有华人生育率下降的因素，但是对华人的歧视导致许多华人移民其他国家也是一个重要的因素。

我了解到两种歧视：其一，上大学歧视。与我们一起合作的一个华人小伙子 Mike 很聪明，他在槟城的一间叫作钟灵的中学读书，那是一所名校，而且他的成绩很好。但是，成绩比他低很多的马来人可以上大学，他却被挤出了大学门外。许多有钱的华人都送孩子到澳大利亚和英美等地上大学。而他自幼丧父，家境清寒，他工作的这间香港人拥有的公司送他到香港上大学，但是他毕业后必须回来为这家公司工作五年。

其二，任何一家华人拥有的公司都必须要一个马来人做一把手。于是我们的工作会议上总是坐着一位黑黑胖胖憨憨的人，他坐在主席的位置上。我们讨论技术问题他一句也听不懂，一言也不发，但是从来不缺席，端坐如一尊菩萨，我常常叹服他的坐功，何以坐这么长时间听着一句都听不懂的话而不打瞌睡？

表面上看是华人受歧视，但是，公司的白领除了那个活菩萨外都是华人。而车衣女工却都是马来人。香港人对马来人的歧视更加露骨：白领的食堂是四菜一汤；蓝领的食堂几乎每天都是黄黄的咖喱饭。这些车衣女工下班出厂门时都要搜包，防止她们偷衣服，这不仅仅是歧视，简直是人格侮辱。可是马来西亚政府容忍外企这样做。

马来人是一个特别容易满足的民族。据与我们合作的Mike说，你只要看到车衣女工手上脚上脖子上都戴上了金戒指金项链，就说明她们快要辞职不干了。

一次一个马来人结婚，我被带去参加他们的婚礼。婚礼上人很多，不用带礼品，进去的人都有饭吃。吃得很简单，就是咖喱鸡饭或者咖喱牛肉饭。没有刀叉，更没有筷子，必须用手抓着吃。我怎么也做不到拿手去抓那些黄黄黏黏的东西并且把它们送进嘴里。Mike说，拿手抓饭比用工具吃饭味道更好。我说，是不是指甲里的东西都成了调味料了？他笑了。

马来西亚华人待人特别朴实真诚。一次我走进一间屋子，一位中年男士马上站起来，用手当扇子扇椅子座位。我说：“你为什么要扇它？”他说：“我刚刚坐过，它太热了，我把它扇凉些，你好坐。”我被深深感动了。

跳进商海

特别喜欢电视连续剧《蹉跎岁月》的主题曲——《一支难忘的歌》。那支深情的歌儿唱出了人生长河中难以忘怀的时光。

在多伦多的家附近，有一条小河，我每天牵着狗儿在河边散步，会看见各种植物、动物。看到森林、湿地、野花、野草随着季节变幻出迷人的色彩；看到鹿儿、鸟儿、野兔、野鸭、大雁、浣熊、河狸和洄游的三文鱼活跃在小河内外。这让我常常生出无限感慨来：一条小河就能带来如此丰富的生态环境。

如果说，人生是一条河，那与我们相关的各种人和事不也是丰富的生态环境吗？当然，河段与河段是不同的。当码农的河段与经商的河段是完全不同的生态环境。

我自知不是经商的料，没有那种商人的头脑和经验。但是，一个偶然的机会把我推进了商海。

那是1993年前后，由于新加坡股市节节上升，经济一片大好。一时间有钱人突然多了起来。如何为资金寻找获利的机会是新加坡朝野都关心的问题。吴作栋时任新加坡总理，但是太上皇是李光耀。他们两个分头到中国寻找合适的地方建立新加坡工业园区，给新加坡商人创造投资环境。吴作栋认为青岛、烟台一带比较好。但是李光耀认为苏州比较好。两个人的意见不同，媒体也不避讳，分别把李光耀和吴作栋的看法都发布出来。最后当然是李光耀挑选的苏州被选中，新加坡在苏州建立了工业园区。

建工业园区很耗时，从基础设施开始到建房子等需要很长时间（我 1995 年去苏州新加坡工业园区时看到的只是一个冷冷清清的雏形）。许多新加坡商人等不及，他们急需抢滩登陆。于是，我认识的几个新加坡商人就找到我，要与我合作组建一个中国投资咨询公司。我就这样跳进了商海里。

有些事情想想容易，真做起来就难了。找我的都是小商人，能投的资也就在十万新元左右。而国内大企业不会在意这点钱，小企业又让新加坡人不放心。因此，我辛辛苦苦做了两年，只做成了两项投资。一项是去宁波投资，一位新加坡投资商去宁波洽谈投资事宜，无意间看上了一位美丽的宁波姑娘。那位新加坡人已人到中年，还是单身王老五（华校生，又长得矮小黑黄）。姑娘 20 出头，芳华正好。那个时候，中国女孩外嫁成风。郎有情、妹有意，我这个投资咨询公司的女老板成了媒婆。那位新加坡人投资十万新元血本无归，但是抱得美人归，花十万新元娶个美女也是超值了。这桩婚姻至今仍然美满幸福，也算是我无心插柳柳成荫，顺便做成了一件好事。

另一桩生意更可笑。一位新加坡商人到常熟去找投资机会，看上了一位宾馆的服务员。那位商人 40 多岁，有老婆孩子，宾馆的女孩才 17 岁。商人其貌不扬，姑娘水灵灵。他们之间的事情被商人的老婆发现了。商人到常熟去考察，老婆非要带着孩子跟着去。于是就有了一次非常有趣的旅行：商人、我、商人的老婆和孩子一起到了常熟。与皮肤光洁水灵的 17 岁的姑娘相比，那矮胖的商人老婆五官模糊的脸自然没有吸引力。我掺和在其中，特别尴尬。没想到那位姑娘倒是落落大方，她说只要能去成新加坡怎么都行。并且把她的一位朋友介绍给我，那位女孩也是 20

岁左右。她居然带我去见她的父母。父母的意见是让我想办法把女儿办到新加坡，找到工作更好，找不到工作找个新加坡人嫁了也好。

商人在老婆的步步追踪下美梦没有成真。可是，那时中国女孩嫁新加坡人的悲喜剧时时在上演。

有两个故事让我印象深刻。其一是一位特别漂亮的上海女孩嫁给一个卖鱼摊贩的故事。卖鱼摊贩交十几元钱就可以注册一家公司，例如“南洋渔业公司”之类，他自然是公司经理。印上一张名片，赫赫然“南洋渔业公司总经理林某某”（只是举个例子，并不是真有这间公司）拿到中国去是会哄倒一堆妙龄女郎的。待到美女来到新加坡，发现大老板每天一身鱼腥味，探其究竟，原来是个卖鱼的摊贩，才知道被骗了。于是闹上公堂要离婚。此事在新加坡媒体上热闹了好一阵。新加坡小国寡民，政府又管得很严，难得有什么新闻事件。记得一个“豪放女窗前换衣”的新闻就成了媒体的狂欢，跟踪报道了许多天。这件中国女人闹离婚的事自然又成了新加坡人围观的兴奋点。当然指责中国女人贪图享受的占多数。

第二个故事是我在制衣厂认识的一位来自福州的女孩。她原是福州一所中学的教师，长得非常漂亮。170 厘米以上的个头使得她在普遍矮小的新加坡人中显得亭亭玉立、鹤立鸡群。皮肤白净，五官精致。她要我帮她介绍一个男朋友。我给她介绍了在新加坡国立大学读博士学位的一位来自南京的青年。那位青年长得很俊朗，与她十分般配。没想到姑娘拒绝了，拒绝的理由十分奇怪，她说：要是我的福州的亲友知道我出了国仍然嫁给一个中国人，他们会嘲笑我的。我听后觉得很悲哀，来自中国的博士生居然身价抵不过一个普通的新加坡人！后来那位姑娘嫁给了一位养鸡的。不久后养鸡场破产，她的丈夫把房子卖了还债，连住处都没有，他们两个只能租住一间小屋度日。

我做的另一个生意是为新加坡政府投资好几亿元（记不住准确数字了）建立的芯圆厂招聘工程师。

生意难做，两年后我跳出商海，到日本小松公司亚洲总部去继续我的码农生涯。

人生的河流经历了浪花滚滚的河段后又归于滩涂，重新成为平静的早九晚五的上班一族。

Gillman Heights 的中国专家们

中国政府与新加坡政府协议派往新加坡工作的中国专家都住在 Gillman Heights 的高档公寓里。我家房子是位于六楼的三室两厅，还有一个佣人间，一个洗衣间。比起我在清华东南小区的房子好得太多了，也比大多数新加坡人住的政府组屋好太多。

我去之前，已经有不少专家的配偶以 dependent pass（依附签证）陪专家住在那里。这是新加坡政府特别给中国专家的福利。记得持有这种签证的人是不可以找工作的。所以，在所有住在 Gillman Heights 的专家家属中，只有我一个人有工作。我的工作很忙，与陪住家属交往的机会很少。我住进去不久，一天，有人敲门，我开门看到一个中年妇女，她说，她住我楼下，是汪培庄的夫人，知道我很忙，家里还有小孩子，如果有事需要帮忙，用脚跺跺地板便可。她的热情很让我感动。汪培庄教授是广州大学副校长、国际模糊系统协会副主席。为人谦和，秉承着中国老一代知识分子温良恭俭让的作风。他在任广州大学副校长之前，曾在北京师范大学做教授，与启功关系很好，写得一手好字。他虽然年纪不轻了，但仍然单纯善良，这样一个对任何人都从不设防的好人，后来却被新加坡一个卖保险的女子骗惨了。我想汪教授以后会接受教训的。

后来任北大校长的许智宏住二楼，时任上海植物研究所所长。在新加坡时任国立新加坡大学分子和细胞生物学研究所访问教授。他的夫人没有陪住，他单身一人住 Gillman Heights。他很喜欢我的儿子，常常到我家聊天。许先生高高的个头，戴一副眼镜，讲一口带着上海腔的普通话。儒雅中透着精明强干。儿子也喜欢许伯伯，常常在许伯伯怀里撒娇。在所有到过我家的男性中，许先生是唯一一个注意我养的花花草草的人。他会随手摘去残枝败叶，掐去开败的花儿。并告诉我一些养花的基本知识。这些细小的动作不经意间透露了他植物学家热爱植物的本色。他虽然是著名学者兼官员，为人却很随和，也没有干部的官气，当与他关系很好的一位年轻专家向他表白打算不履行回国合约，要去英国时，他没有用政治正确的说教去劝阻。

在中国专家 3 年合同将要期满时，大多数人都为何去何从伤脑筋。许智宏的去向是最明确的，回国后就是科学院副院长。我先生也很坦然，因为我与儿子已经是新加坡永久居民，他回到原单位后可以以探亲方式重返新加坡。而其他人却在回国与不回国中纠结着。于是 Gillman Heights 平静的生活不再平静，平时走得比较近的人互探口风，商量去向问题。大部分人已经准备好了去美国、加拿大、英国等地。有些人把自己的想法告诉自以为信得过的人，并嘱咐保密。有些密没有保住，泄漏了，引起了不愉快，甚至为此发生了吵架事件。

在合同满 3 年的时候，Gillman Heights 的专家们已经几乎跑光了，连汪教授都去了美国。这让新加坡政府很没有面子，合同上写明 3 年期满是要回到中国的，可是合同未满人都跑了，让新加坡政府情何以堪。于是在我先生回国时，上演了这样戏曲性的一幕：为了防止他在登机时跑掉，新加坡国家电脑局局长亲送机场，而且是送上飞机，等于是押送回国。

我先生堂堂正正履约。回国的第一个月向单位递交了辞职申请，随后办理私人护照，半年后返回新加坡与我和儿子团聚。

现在回想 20 世纪 90 年代人们对出国的向往，对出了国又要回国的纠结，真是百感交集。祖国啊，当你的儿女没有担忧，没有纠结，义无反顾地投入你的怀抱的时候，当世界上的人才纷纷奔向你的时候，那才是你真正强大了的时候。

艺术家、学者到访新加坡

新加坡的艺术生活是单调的。所以，只要有中国艺术家、学者到访新加坡，都是我的节日。

记得那时到访新加坡的艺术家有马季、关牧村、梅葆玖、叶少兰、王馥荔等。他们的演出我都观看了。马季的相声在新加坡并没有引起多少笑声。因为相声的确是地域性极强的一门艺术。

到访的作家有冯骥才、张贤亮、余秋雨、魏明伦等。

张贤亮的演讲吸引了不少人。记得他说他最好的作品是《习惯死亡》。他不无骄傲地说：“那是用散文诗一样的语言写出来

◎ 与张贤亮（左一）等合影，左二是作者

的小说。”

余秋雨在新加坡待的时间比较长，他是作为新加坡电视台的顾问访问新加坡的。那时新加坡的电视剧几乎就是业余水平。在余秋雨的演讲中，有人问到他对新加坡的电视剧的看法时，他说了一句话给我很深的印象，他说：“电视剧要有看头，一定要让观众仰视，不能是平视，绝对不能俯视。”等于是婉转地表达了对新加坡电视剧的看法。

新加坡清华校友会

到新加坡后，有几个老清华的人找到我们，欣喜万分，原来新加坡居然有一个清华校友会，他们是1949年前从清华毕业的。我们去的时候，这个校友会只有五六个人。他们见到我们十分高兴，要求我们参加。于是，这个校友会很快壮大到四五十人。那几年，校友会先后接待了清华校长张孝文，清华副校长杨家庆。

◎ 与张孝文校长（前排右三）等合影，前排右二是作者

组屋区的人间烟火

特别喜欢丹麦著名女作家凯伦·白烈森（笔名 Isak Dinesen）写的名著《走出非洲》。她以细腻优美的笔触描写了她在非洲肯尼亚经营咖啡种植园时经历的人和事。那些描写之所以如此生动、引人入胜，除了作者的文学素养，最重要的是她描写的都是她的亲身经历。这与蜻蜓点水似的游记是大不相同的。同名电影里由斯特里普演绎的凯伦是永远的经典，让人难忘。

新加坡是一个美丽的旅游城市。作为游客，看到的是一个干净、摩登、管理有序的现代化城市。但是想要了解深层次的普通民众的生活，必须要住到组屋区里去，住在 Gillman Heights 是了

◎ 新加坡政府组屋（图片来自网络）

解不到的。

新加坡人的生活，离不开一座座称为“政府组屋”的高楼。“政府组屋”可说是新加坡最独特的一道人文风景。

“政府组屋”即是新加坡的公共住房、国民住宅，由政府机构建屋发展局（Housing and Development Board，简称建屋局、HDB）规划兴建，以优惠价格出售给人民（少量租赁给人民），让人民分期付款购买。政府会给符合条件者提供各种购房津贴。

新加坡有 80% 的人住在政府组屋内。可以说组屋里的生活才是新加坡人的真实生活，而不是那些美轮美奂的高档公寓、豪华酒店与高档商业区。

在我先生合约满之前，我们就在武吉甘柏地铁站对面买了一套三室一厅两卫的二手组屋。这种房子被叫作 4S，就是连厅一起是四间房。购买价是 9.5 万新币。当时我在日本小松亚洲总部做软件工程师，年薪加奖金超过 5 万新币，我先生也在新加坡做软件工程师，薪水不低。我们买房用了一部分公积金。由于新加坡是一个低税少福利的国家，再加上我们很节俭，所以几乎没有贷款就买下了这套房。它的最大优点是交通方便。还有一个人称小桂林的景点，实际上是炸山取石造成的一个大坑，坑里积了雨水形成了一个小水池。炸山剩余的部分与小水池形成了一个小型的山水景点，里面有许多放养的乌龟。

人生第一次拥有了自己的房产，那种喜悦与兴奋是无以言表的。前屋主留下了几乎全部家具，所以家具也不用买了。

组屋区的生活才是新加坡人真正的生活。由于新加坡面积小人口密度高，要让这么多人有房住，组屋的建筑密度自然很高，通常都是十几层甚至 20 层的高楼，而且楼与楼之间间距很小。

小到什么程度呢？举个例子，你可以看到你的邻居家的床单多久换一次。我的卧室紧挨着邻居家的卫生间，每天早晨我都被邻居打喷嚏的声音吵醒。那个邻居每天早上打许多喷嚏，一次我数他打喷嚏的次数，居然达50多次。

由于楼与楼之间间距小，而楼又宽又高，住家多，所以每天都能听见装修的噪声。无论是本楼装修，还是对面楼装修，那噪声在撞到对面楼又被反馈回来经反复震荡增强后让人难以忍受。

组屋楼的一层通常是像高脚楼那样只有柱子没有墙的空间。这种空间是办红白喜事的场所。华人在那里办丧事，请来和尚超度亡灵要念一个星期的经；马来人、印度人办喜事，音乐歌声闹哄哄，时时处处都是一片市井喧哗。

◎ 在新加坡总统府前全家合影

最有趣的是华人农历七月的盂兰盆节，要过一个月，不仅仅是农历七月十五中元节这一天。政府为了方便华人为亡灵烧纸钱，在每栋组屋前都放置了高大的柏油桶。纸钱只允许在柏油桶内烧。在整个农历七月，你可以在组屋区的每一个路口看到橘子苹果等供品，还有插在地上的香烛。我的同事非常认真地告诉我，你千万不能碰那些供品和香烛，碰到会倒大霉的。他们是那么虔诚地相信他们的祖先的魂灵会顺着香烛供品回来与他们相聚。

盂兰盆节的一件非常有意义的事情是牛车水一带的华人同乡会举办的标福物活动。所谓福物花样繁多，有神像、俗称“乌金”的火炭、米桶、扑满元宝、大彩票、发糕、酒，应有尽有。就像艺术品拍卖会似的，出价高的人可以买到福物。通过售出福物得到的钱通常用来资助经济困难的同乡，例如治病、求学等。

盂兰盆节的美丽记忆是带着儿子在小桂林放纸船。一条条纸船载着一支支小蜡烛，在农历七月十五的月光下被放入池水中，看着那些船儿渐渐消失在明媚月光笼罩下的清澈水中，一瞬间觉得天上人间融为一体。我在池水旁，月光下，教儿子吟诵东坡先生的《水调歌头·明月几时有》，儿子认真地学，反复地背诵，那情那景，回忆起来都是满满的温馨与感动。

我想，要寻找中华民族古老的民俗，应该去海外华侨集聚的地方，那里没有意识形态的破坏，民俗被完整地保存下来了。

两个邻居的故事

我从我家的两户邻居中看到了新加坡社会的悲喜剧。先说喜剧。此邻居是一户锡克人。新加坡政府特别会管理，为了社会安定，政府规定每个组屋区要有一定比例的华人、马来人和印度人（这个比例要与全国人口中各族裔比例相同）。我的锡克人邻居是一对30多岁的夫妇。他们家吵架打架是家常便饭。常常在半夜里会听到女人尖利的哭叫声，那是男人在家暴。那男人因此被警察带走好几次。我也因此平生第一次接受了英文报纸《海峡时报》记者的采访。有趣的是，当那男人被警察关几天放回来时，会看到他们夫妇手挽手同出同进，宛如新婚恋人。但是好景不长，没过多久，又会听见女人的惨叫。如此循环往复不知何时了，为何他们不离婚呢？另一个邻居告诉我，锡克教徒是不允许离婚的，不知此事是真是假。

我的另一户邻居的故事就比较惨了。这是一个华人家庭。也是30多岁，一家四口。有两个男孩子，大的叫义祥，十岁左右，小的叫凯祥，5岁左右。家里的男主人是卡车司机，他的薪水是家里唯一的经济来源。悲催的是，小凯祥患有先天性肾功能不全的疾病。需要洗肾才能活下去。而新加坡没有公费医疗，对于一个低收入的家庭来说，医疗费是难以承受之重。好在有慈善机构资助，靠洗肾凯祥活到了6岁。非常幸运的是，刚好找到一个匹配的换肾的机会，那是在一场惨烈的车祸中死难的孩子的肾。换肾成功了，但是小凯祥并没有获得新生。首先是吃的抗排斥的药使得小凯祥的脸像一个吹起来的气球，腮帮子鼓得像青蛙。其次是抗排斥药居然让这么小的孩子长出了胡子，这太奇怪了。于是，他就遭到学校里的孩子们的欺负。有一次他同我说：“阿姨，我不想活了。”听到这么小的孩子说这样的话，我心都要碎了。他的妈妈告诉我，为了凯祥，义祥以后结婚都是问题，哥哥要承担起一辈子照顾弟弟的责任。而小义祥在我儿子的影响下，居然喜欢起交响乐。在我们离开新加坡时，儿子把许多交响乐的磁带送给了义祥。22 年过去了，小义祥、小凯祥都已长大成人了，阿姨想知道，你们过得好吗？

在日本小松公司亚洲总部工作的日子里

现在人们越来越重视企业文化。窥视企业文化的一个窗口就是看它的办公室，特别是老板的办公室。因为我曾在中国、新加坡、日本、加拿大的公司工作过，并且参观过美国 Google 公司，所以我可以谈谈自己的观感。

我工作过的新加坡自动化应用中心是一家百十人的公司。公司老板和项目经理都有自己独立的办公室，算不上很奢华，但是比较宽敞，有他们的私密空间。而员工的办公区域是将各个办公桌围成椭圆形的一大圈，没有隔离板，老板看员工是一目了然。

加拿大公司的员工有各自的 Cubic，就是用不透明的玻璃围起来的小隔间，高度有 1.4 米左右，四五个平方米大小。老板有自己独立的办公室，也不大。项目经理没有独立的办公室。老板对员工形不成监视的压力。

最有趣的是 Google 的办公室，我在 2006 年参观 Google 时，儿子带我看了各种办公室，有一个员工的办公室里放满了玩具，我进去时看见正在奔驰的轨道小火车、正在前后翻滚的玩具小动物。员工甚至可以带狗和孩子上班。Google 努力营造一种让员工开心、放松的企业文化，最大可能地让员工喜爱自己的办公环境。员工还可以自由选择与老板在同一个办公室工作。于是就出现了一个有趣的故事，一位印度裔的员工要求到 Google 创始人拉里·佩奇的办公室工作，佩奇答应了。虽然佩奇是世界巨富、Google 的最大老板之一，但他的办公室和其他人的区别不大，只是位置稍微好一点。那位印度裔员工与佩奇共用一间办公室成了 Google 的佳话。

见过的最豪华的办公室是我的一位学生的办公室，他是一位中型国企的经理，办公室居然分内外两间，加起来有100多平方米，装潢之豪华让人目眩。而且位置在清华南门附近。看了他的办公室，我没有一丝一毫的羡慕，我只想说，你最好去看看佩奇的办公室。

日本小松公司亚洲总部的办公室最敞亮，因为无论是总经理还是部门经理，都与员工无隔离办公。总经理的办公桌大一些，居公司中心位置。我们的部门经理与员工的办公位置稍靠后。各自的办公桌摆成一个长方形，员工面对面坐两排。部门经理坐在两排桌子的前面，可以看到每一个员工的工作状态。我们部门的经理名叫 Kobori 。我们称他为 Kobori San。他称我为 Zhang San.

日本人的加班文化很有名。我工作的这家公司遵循着这样一个原则：下班时间到了，只要我们的直接老板——Kobori San 不走，大家就不敢走。像我这样的工程师是有活计做的。那些没有事情做的员工就非常难熬。记得其中一个做市场的，下班时间到了，Korori San 还在那里忙碌，他就假装忙碌，我看见他把文件夹里的文件倒腾过来，倒腾过去，真难受啊。

我在公司做的项目是自动化仓库管理。由于新加坡地盘太小，每一寸土地都要用到极致，所以有不少立体仓库。就是一个仓库置有许多几十米高的货架，货架分成许多层，货物要分层分区立体存放。用一种叫作 Crane 的机械在三维空间按照软件发出的指令存取货物。我虽然在多伦多工作时做的基金交易软件比这个仓库管理软件复杂的多得多，但是最有成就感的就是看到我写的软件指挥着 8 台 Crane 在一个巨大的仓库里前后左右上下地自动存取货物。那轰隆隆的声音像交响乐一样美妙，而我就像那个乐队的指挥。

平生第一次醉酒

酒是一种美妙的饮品。我喜欢喝一点红酒、啤酒，自认酒量还可以。在遇到 Kobori San 之前，从来没有醉过。Kobori 喜欢吃饺子。记得 1995 年的春节前，他就嚷嚷着要我包饺子招待我们部门的同事。老板发话我岂敢不从。于是准备了三种馅的饺子，分别为猪肉加扁豆、加韭菜、加芹菜。年三十晚上，Kobori 带着一瓶日本清酒来了。还有五六个同事也来了。我们有说有笑地吃起了饺子。 Kobori 一杯又一杯地向我敬酒。他皮肤原本很白，但是很快就变得通红。我从未喝过清酒，不知道这种酒有多厉害。到晚餐快结束的时候，Kobori 的脸和脖子都红得发紫了。我也觉得头有点晕。等到他们告辞时，我站起来送他们时觉得脚下像踩着棉花，听他们说再见的声音仿佛是从很远的地方飘过来的。等到他们上了电梯，我就一屁股坐在地上起不来了。先生见我久不回家，去看我时，我已经吐得一塌糊涂、烂醉如泥了。好在没有被任何人发现，Kobori 直夸我好酒量。他哪里知道我醉倒了的惨状，第二天一整天都很难受。从此知道了日本清酒的厉害。

走出新加坡

丹麦女作家凯伦走出非洲是由于她的咖啡种植园破产。而我走出新加坡却有好几个理由。

首先是身体原因。由于我是北方人，习惯了四季轮回的气候，不适应年年月月日日都在高温高湿度（每日平均湿度是84%）下生活。因而在移居新加坡半年以后，身体就开始出现由湿热天气引起的荨麻疹，而且是全身从头到脚无处不痒。一痒就要挠，一挠就是一大片红红的隆起的疹子，疹子连成片，整个人都变了形。最要命的是，这种钻心的痒没有消停的时候，夜里痒得无法入眠，而且我还要上班，去面对高压力强脑力的程序设计工作。睡不好觉如何完成工作？没办法，只好找医生，医生开的是抗过敏的药，这种药带来的副作用是犯困。为了工作我不得不每天吃这种药，有一次我上厕所时居然坐在马桶上睡着了，由于厕所的门闩没有插好，让进来的人吓了一跳。这种药我吃了整整六年多（到多伦多后这种病很快就好了）。

另外一个原因是新加坡的兵役制度。有人开玩笑说新加坡根本不需要养军队，因为新加坡太小，一发炮弹打来，就把新加坡打穿了，炮弹会掉进海里。但是，新加坡政府却有严格的兵役制度：该制度强制所有年满18岁的新加坡男性公民和第二代永久居民为国服役，体检合格的公民会成为全职的现役军人。（National Service Full-Time，NSF），役期为24个月，其间发放薪金。已经获大专院校取录的学生可以选择保留学籍两年直至完成兵役。两年役期届满以后，退役军人会被编入战备军成为“战备军人”（Operationally-Ready National Serviceman，NSman），战备军人必须每年回营受训一次（每次 14 天），并确保每年的体检能够合格，为期 10 年，直至年满 40 岁。

尽管我们多次收到新加坡政府的信提醒我们有入籍资格，但是我们一直没有入籍。虽然我们不是新加坡公民，但儿子是第二代永久居民，若留在新加坡，他就必须服兵役。我与先生都有着在十几岁时遇上“文革”，在最适合学习的年龄段被迫中断学业的惨痛经历，我们绝不能让儿子在十八九岁的大好年华里去当兵。

鉴于这两个原因，我们就准备让儿子去美国或加拿大读书，而我们夫妇回国。

正在这个时候，从一个遥远的美丽的雪国传来了令人兴奋的消息。我的一位朋友，也是清华校友告诉我，加拿大现在开通了技术移民的通道，她已经办成功了。这无疑是天大的好消息。经过详细了解，加拿大技术移民采用打分制，其中包括教育程度、年龄、职业、适应能力等各项分数指标，满 72 分便可获得申请移民的资格。我们粗粗一算，我们的得分超过 85 分。我们立即向加拿大驻新加坡大使馆提交了技术移民申请，那是在 1996 年的 2 月间。没想到四个星期后就接到了加拿大大使馆的面试通知。

记得面试我们的是一位个子很高的金发女郎。她极其优雅地问了我们一些简单的问题。末了，她问我们是否在新加坡拥有房产，我们说有一间 4S 的组屋。那段时间新加坡房屋市场火热，几乎是一年涨一倍。我们 1993 年用 9.5 万新元买的房子到 1996 时年已经涨到 27 万新元（后来我们卖了 27.5 万新元）了。那个优雅的女外交官得知我们组屋的估价后，欣喜地说：“You can buy a big house in Canada .”（你在加拿大可以买一个大 house。）此言不虚，我们 1998 年在多伦多买房时，只用了 22 万加元就买了一个那时我们认为的 big house。这是后话。面试结束时，女外交官说了一句话：“Welcome to Canada!”（加拿大欢迎你们），这就是说，我们移民加拿大的申请已经接近成功了。两个星期后，我们收到了加拿大大使馆寄来的体检通知。我们立即去体检，最快速度提交体检报告。之后，很快收到了加拿大使馆寄来的 Landing Paper（加拿大永久居民的证件），我们可以在一年内登陆加拿大。

这一切顺利得超出了想象。在我们之后的技术移民申请就要长达八个月甚至好几年，看来一切都要赶头班车。

广义上讲，加拿大对每一个中国人来说都不陌生，我们都知道有一个加拿大医生白求恩帮助过中国的抗日战争。但是对世界面积第二大而且是一个真正意义上的陌生的西方国家，我们了解得太少了。我们从未踏足过那片土地，那么大的地方，去哪里呢？我的朋友说，她要去多伦多，因为她在多伦多有同学，而且多伦多是加拿大最大的城市，好找工作。于是我们也决定去多伦多。多伦多是个什么样子呢？我一无所知。赶紧去买了一本介绍加拿大的书恶补。翻到介绍多伦多的那一章，有一幅彩色照片跃然纸上。照片上一座电视塔高耸入云，塔畔有一座蚌壳样的建筑相伴，不远处是灯光闪烁的玻璃幕墙建筑群。一轮硕大的明月挂在半空中。好熟悉的照片啊，在哪里见过呢？想起来了，前屋主留下的大衣柜有一扇柜子门的背面贴着一张大幅的风景照，照片上是一个西方的摩登城市，我不知道那个城市在哪里。我赶紧打开大衣柜，看看衣柜门上的照片，再看看书上的照片，一模一样啊！这让我想起了1984年被公派去香港时，我住的酒店叫新加坡酒店。命运啊，你是多么奇妙！原来在我拥有了第一个真正意义上的家的时候，你却告知我，新加坡是酒店，是临时居住的地方，真正的家在远方，在多伦多。至今我已经在多伦多住了22年了，这是我此生住得最久的地方，越来越喜欢这个美丽、舒适的家了。这让我不得不相信命运，冥冥之中命运之神早已做好了安排。

当我们把将要移民多伦多的消息告诉家人时，家里的人都说我们疯了。我们已经不年轻了，丢下干得好好的高薪工作，在年过45岁的时候，到一个完全陌生的举目无亲的地方一切从头开始令他们惊讶，他们为我们担忧。但我们却信心满满。其一，我们的专业是热门专业，我曾辗转找到我的一个学生的电子邮箱，他在渥太华工作，我发邮件问他，我去多伦多能否找到工作，他回信："以你的能力，没有任何问题。"这给我巨大的鼓舞；其二，我与先生都不怕吃苦，而且多年从事知识更新很快的IT工作使我们一直保持着学习新知识的能力，还有一定的经济基础（这要感谢新加坡）。如果语言过不了关（事实上我们在新加坡工作用的都是英语，当然，如果英语表达不清，在新加坡也可以掺杂着华语，到加拿大就不行了），我们吃积蓄学英语。事后证明，我们这一步是走对了。

当回忆起自己生活过的地方时，《走出非洲》的作者以充满感情的优美笔触写下了如下动人的诗篇：

"如果我会唱非洲的歌，我想唱那长颈鹿，以及洒在它背上的新月；唱那田中犁铧，以及咖啡农淌汗的脸庞；那么，非洲会唱我的歌吗？草原上的空气会因我具有的色彩而震颤吗？孩子们会发明一个以我的名字命名的游戏吗？圆月会在我旅途的砾石上投下酷似我的影子吗？还有，恩戈山上的苍鹰会眺望、寻觅我的踪影吗？”

学着凯伦，我写下如下文字：

如果我会唱星州（新加坡又称星州）的歌，我想唱那圣淘沙的椰子树，以及它在风中摇曳的丰姿；唱那牛车水的榴梿，以及空气中飘荡的香臭交加的气味；我记住了新加坡的点点滴滴，新加坡会记住我吗？小桂林的池水记得我临水照花的倒影吗？渺小如我者，如雪泥鸿爪，没有在星州留下任何痕迹。我像一只鸿雁，将飞往更遥远的地方去继续寻找我的诗与远方。

第二部分

加拿大的诗与远方

O' Canada，令人惊艳的第一瞥

在多伦多清爽、舒适、明媚、迷人的仲夏日，我坐在繁华似锦的自家花园里，眼前花儿娇艳，彩蝶翩翩，鸟儿欢歌，微风拂面，周围的一切都是这样美好惬意，不由得回想起22年前的7月1日我登陆多伦多时的情景。

1997年7月1日傍晚7点多的时候，我登陆多伦多。当办完入关手续时，为我办手续的一个胖胖的和蔼可亲的中年白人妇女举起了一面可爱的小枫叶旗，对我说："Welcome to Canada. Today is the National Day."（欢迎来加拿大，今天是国庆节。）啊，

◎ 多伦多夜景（照片取自网络）

太巧了，我登陆的日子居然是加拿大的国庆节。我不由自主地说了一声“O’Canada”，后来知道，“O’Canada”是加拿大的国歌。我不知道有多少人在登上这片美丽的国土并且被热情欢迎时会发出这样的感慨，也许有此感慨的人很多，于是国歌便以此命名。

一出机场，迎面吹来的是清爽的风，久违了，如此舒适的风儿！新加坡的风永远带着湿气。一出门一身汗，从空调房间里出来，眼镜立马被一层雾气蒙住。记得法国著名女作家玛格丽特·杜拉斯在她的名著《情人》里这样描写热带的天气：身上的汗水像黏黏的水蛭一样粘在皮肤上，永远都不会离去。水蛭没有了，多伦多夏日里的清爽的微风吹得每一个毛孔都舒适得想要歌唱。

朋友开着一辆日本 Honda 来接我。汽车一上 401 高速公路，发现天地是如此的辽阔，没有高楼大厦的遮蔽，蓝天白云下的地平线是那样清晰，视野所及，除了眼前无比壮观的高速公路（最宽处有 16 条车道），就是森林，间或有一些低层建筑（现在高层建筑多了起来）。天宽地阔的感觉冲击着我的视觉。的确是在拥挤的小地方待得太久了，一下子见到了广阔的空间，感觉上是从热水井里跳到了辽阔的大海，通体欢畅！

车子在宽阔的高速公路上行驶，而我却被美丽的黄昏所吸引。多久没有体会过黄昏了？在新加坡，太阳永远是早晨七点钟升起，晚上七点钟落下，而那升起和落下的时间是那样短促，你还来不及感觉，突然就艳阳高照或天幕沉沉了。但是，多伦多的黄昏太美妙了，它缓慢地开始，随着太阳西斜，光线一点一点地变得柔和，白光慢慢地变色，当树叶的边缘被涂上金色时，天边的白云渐渐被刷上微红，而那一轮红日由无法直视变得夺人眼目，这种变化常常要两个多小时。在晚上9点多钟时，当太阳真正地滑落天际时，望向西边的天空，彩霞斑斓如燃烧的火焰，这火焰随着夕阳的西下，渐渐镶上了黑边，直到夕阳跌落，天幕仍然美不胜收。我常常痴痴地看着天空色彩的变幻，感受大自然的无比奇妙。我奇怪，以前在国内时，为何没有这么在意黄昏呢？许是常见就习以为常了。经历了没有黄昏的7年，再次看到黄昏，尤其是没有遮挡的如此美妙的多伦多的黄昏时，就迷醉了。

接我的朋友就是告诉我加拿大移民消息的那位清华校友。他们夫妇早我3个月到达多伦多。在多伦多东北面一个叫作士家堡的地方租住了一套两个卧室的公寓。他们还没有安定下来，也没有来得及买家具，家里的两个床垫连同沙发都是捡来的（在多伦多常常可以捡到很好的家具）。他们夫妇带孩子住一间卧室，我们一家三口住另一间卧室。他们为我们准备了简单的被子枕头。后来我们发现，他们是把自己的枕头让给我们，而他们却枕着衣服睡觉。这让我们太感动了。朋友是上海人，都说上海人精明会算计，而我的朋友却如此实诚，我在这里要大声为上海人正名！

到多伦多后的第一件事就是给儿子找学校。我们对多伦多的了解是零。哪间学校好呢？在朋友家的一次聚会上，其中一个人说他的孩子在多伦多 Down Town 的一间中学读书，说那间学校不错。问他怎么才能入读那间学校，被告知只要住在附近便可。于是我们便在学校附近找房子。那一带有许多公寓。我们看见一间公寓的门开着，便进去问有没有房子可以出租，公寓的管理人是一个很胖的女孩，褐色的头发，碧蓝的眼睛，如果不胖，一定是个美人。她告诉我们，刚好有一户空屋，租客刚刚搬走，他们要重新粉刷房屋，两天后可以搬进来。太好了。我们当即办理了租一年的手续。两室一厅，月租金 500 加元，非常便宜。

办好手续后，我们才知道这间公寓名叫滑铁卢，儿子的学校走路 4 分钟便可到达。真是太方便了。那时还不知道加拿大有一间非常著名的大学叫滑铁卢大学，它的计算机专业在世界排前五名。两年后，我儿子以优异的成绩进入滑铁卢大学计算机工程系。命运啊，又一次提前给我们指出了未来的道路。

租好房子后，我们办理了医疗卡、SIN（Social Insurance Number）卡等许多手续。手续办完后，我们就收到了政府寄来的一个大包裹，里面有洗衣粉、柔软剂、洗浴液等，并且附上一份欢迎信，欢迎我们移居多伦多。多么暖心的礼物！又一次被加拿大人的温情所感动！

一切安定下来后，我们决定给自己放个暑假，刚好学校也是暑假期间。在新加坡 7 年的打拼，我们从来没有轻松过，如今来到一个多年被权威机构评为世界上最宜居城市前三名的多伦多，我们一定要好好享受这里的美妙的夏日。于是，我们每天逛大街、逛商店，逛得最多的，是安大略湖畔。

安大略湖是我那时见过的最大的湖，清澈的湖水无边无际，宛如大海一样辽阔。湖上有许多天鹅、野鸭、大雁、沙鸥；湖畔有许多民间艺人在表演各种节目，杂耍、弹琴、舞蹈等目不暇接。湖畔搭有露天舞台，傍晚有免费的歌剧片段、芭蕾舞片段演出。整个夏日，多伦多 Down Town 就是一场为期三个月的狂欢节，直到 9 月第一个星期一的劳动节后，狂欢节才结束。

多伦多是世界上移民最多的城市之一，这里居住着来自世界100多个国家的移民。在多伦多繁华市区的街道上，你可以看到各种肤色、各种体形、各种装束的人们。仿佛一个人种博览会。白色、黑色、黄色、棕色，高矮胖瘦各不相同的人在一起和睦相处。你会看到清真寺与犹太教堂比邻，会看到各种文化相融。

暑假期间的一切都如多伦多的夏日一样美好。我们还没有开始真正的生活。等待我们的将会是什么呢？

让一生活出三世的精彩

有些人喜欢在一个地方安安稳稳地度过一生，而有些人却喜欢去体验世界上不同的风景。为了梦中的橄榄树，三毛流浪到西班牙；为了诗和远方，高晓松的母亲在70岁的高龄还满世界跑。

也许是我一出生就跟着在铁路单位工作的父亲不停地搬迁，所以骨子里也是喜欢体验新环境的。如果说旅游是体验新环境的一种方法，那么移居不同的地方则是把自己连根拔起，移种在完全陌生的地方。陌生的地方有奇异的风景，也有严峻的挑战。战胜了挑战，深深地扎下根来，才能真正体会到异域的风景。

移民多伦多的头两个月是阳光灿烂的暑假。两个月的暑假过去，儿子走进了新的学校，我们也要开始面对新生活的挑战。

首先是考驾照。在北美，不会开车就像没有腿，去哪里都不方便。而且冬天马上就要到了。听到朋友的告诫："美丽的夏日是短暂的，冰天雪地的日子是漫长的。到那时，还不会开车，你就在大雪里哭吧。"所以，第一个目标是在冬天到来之前考下驾照并且买一辆车。于是，9月初我就去驾驶学校上课。那时多伦多的华人多数是香港人，讲普通话的中国人很少。我报的那个驾校标榜是用三种语言教学，即广东话、英语、普通话。给我们讲课的是一位来自香港的中年妇女。她把头发染成红色，烫成一个大蓬头。一个班上百人，她站在讲台上，远远看去就像一团红色的毛球在讲台上摇摆不定。她每讲一句话，都是先讲广东话，再讲英语，最后讲普通活。讲广东话时，她会说十几个字（完全听不懂），讲英语时，她会减半，到了普通话，就两三个字。比如说，她讲到超速会被交警开罚单，我记得她说的英语是：”You will get ticket”，换成普通话，她只说“告票”。好在她讲的英文我大部分都能听懂，所以，十堂课结束时的考试我得了不错的分数。接着就跟着驾校师傅学开车，那个师傅很严厉，我没有少挨骂。幸运的是，我在 10 月份去考驾照，第一次就考过了。从课堂学习到实践到考到驾照总共用了一个多月的时间。那个红头发的老师说我是她教过的学生里拿到驾照最快的。运气好啊，我想那个考官定是那天心情特别好，许是中奖了。其实我的驾驶技术至今都不怎么好。

记得很清楚的是在 1997 年 10 月 22 日我们用 3300 加元买了一辆二手的福特 Taurus。人生第一次拥有了一辆汽车，那种激动真是难以言表。我把它当宝贝一样。它也尽心尽力地为我们一家三口服务了五年。我先生、我儿子都是用它练习考得了驾照。它载着我们经历了五度寒暑。2002 年秋天它终于跑不动了，仿佛是一头老牛，流尽汗水倒下了。当它被拖车公司拖去废车场时，我们一家都依依不舍，老公特意拍照留影。看着它渐渐消失的身影，我不由得眼湿。

加拿大政府为新移民开办免费的英语培训班，叫作 ESL（English for Second Language）课程。我一边报名参加 ESL，一边准备找工作。

1997 年的 10 月初，第一次被多伦多的红叶震撼到了。这里不愧是枫叶之国，第一是规模大，山坡上，河谷间，旷野里到处是成片的枫林，就是住宅区，马路旁也是遍植枫树。第二是树种

◎ 加东枫红美景

优良，这里的枫树树干粗壮高大，树冠繁茂，叶片肥大，品种繁多。由于有规模，所以红起来就气势磅礴。由于品种丰富，所以枫叶的颜色绚烂多彩。我敢说，无论春花多么灿烂，夏花多么艳丽，都比不上加拿大秋天的红叶，那种排山倒海的气势，丰富多彩的颜色是无与伦比的。随处可见红枫红得像燃烧的火炬，振奋了我的精神，也照亮了我奋斗的道路。

11 月间，红叶还没有落尽，大雪就飘然而至。在新加坡时，梦中都想念的雪，在带给我无限惊喜的同时，也带给我数次惊心。第一次是回家的路上遇上纷飞的大雪，我开着那辆宝贝二手车，在多伦多 Down Town Queen Street 上小心翼翼地行驶，由于这条街道上有有轨电车的轨道，轨道上的积雪让我的车一次又一次地打滑，吓得我出了一身冷汗。第二次是我开车带着朋友一家为准备买房去看房子，在一个高速路口的出口弯道上遇上黑冰，车子打滑横过三条车道，幸亏没有车经过，但是吓得我此后每次经过那个路口都胆战心惊，真是一朝被蛇咬，十年怕井绳。

要真正安定下来，买房子是必需的。幸运的是，在1997年亚洲金融风暴刚刚要登陆新加坡时，我们把卖房子的钱和积蓄都换成了加元，那时是新元的最高点，金融风暴使得新元兑美元迅速下跌10%。这运气也是太好了。有了这笔钱，在多伦多买房就有了底气。

我们找了一个买房的经纪，他是来自智利的移民，长着一双绿眼睛，高高的个头，西服领带搭配得恰到好处，非常有派头，对顾客很诚实。他先带我们看了多伦多的几个大区。让我们对多伦多的房子有一个大概的了解。我这才发现，对多伦多这样的大城市来说，真正有看头的是普通百姓的居民区而不是Down Town的高楼大厦。记得我在新加坡买的那本介绍加拿大的书在讲到多伦多时有一句话："多伦多市中心充满了丑陋的高层建筑。"当时我非常不理解为何我们眼中摩登的现代化高楼是"丑陋的"，直到看到民居时才明白相较于一幢幢掩映在绿树丛中的形状各异的带前后花园的家家门前草坪与鲜花夺人眼目的house（国内叫别墅）来说，水泥和玻璃幕墙打造的高层建筑的确是丑陋的。

我的买房经纪告诉我，靠近高楼的房子价格比较便宜，因为高楼居住密度高，人来人往比较嘈杂，最好不要买；（其实多伦多的共管公寓相当豪华，大多有健身房、室内游泳池、公共活动室，楼道里都铺地毯。）西边的几个黑人居住区安全程度较差，也不要买。最后我们选中北约克，花了22万加元买了一幢半独立的拥有双车位车库的两层小楼。那时的房子可真便宜啊，我们在密西沙加市看到一幢带有钢琴室接近 500 平方米新建的 house 才卖 42 万加元。

在我们与卖家签合同后，我回到了租住的公寓，一走进公寓，一股怪味扑鼻而来，我不知道公寓里发生了什么。打开我们的房间，那味道更加呛鼻。顿时想起炉子上煮的牛肉。走近一看，牛肉变焦炭了。原来是我错估了买房子买卖双方谈判的时间，以为很快就会谈好，谁知花了两个多小时才搞定。离开家时没有关煮牛肉的炉子。邻居的孩子告诉我，当时楼道里全是烟，来了四辆救火车。她说救火队员打开房门，正准备喷水时，发现是炉子里的牛肉烧焦了。便关了炉子，笑着走了。我们闯了祸，担心被罚。可是见到公寓的管理员，他们什么都没说。又一次觉得加拿大人真好。但当我们做饭时，发现哪怕是煮面条，只要蒸气大一点，

◎ 我家花园一角

烟雾报警器就大声响起，这就是惩罚啊。

永远记得我们搬进新居的那一天，那是1998年的5月8日。车子一驶进那个居民区，儿子惊呼“Colorful！”我们被眼前美丽的春色惊呆了！只见树叶的颜色有嫩得滴翠的绿，有微微带红的紫，有水灵灵的红，有明艳艳的黄，啊，真格是赏心悦目谁家院！到此为止，我经历了多伦多的四季。

这是我此生见过的最轰轰烈烈的四季，美得不像话。多伦多，叫我如何不爱你！先生也非常喜欢这个新居所。他在写给他的所有朋友的电子邮件中通报新地址时加了一句话：“我们的地址50年不变。”（套用当时时髦的邓小平关于香港一国两制50年不变的话）谁知没几年就变了。2002年秋天，我们在同一个区花42.3万加元买了一个独立的两层小楼，它有一个非常美丽的花园。我又一次深深地感谢命运的厚爱，它给我这个爱花的人一个梦寐以求的花园。这个花园给我的生活增添了无限乐趣。

房子买好了，我与先生也都找到了工作。我找工作比较顺利，第一个面试就拿到了Offer，儿子赞叹道：“老妈，你太牛了，每次找工作都是第一个面试就拿到Offer！”其实运气好占很大成分。先生找工作就颇费了一番周折，实际上他的专业能力比我强。

我去的公司是一家伊朗人办的小公司，十几个人。老板用人的手段很奇特。他召集我们开会从来不占用工作时间。通常是下午6点钟左右，大家该下班了，他跑过来说，等一会儿我们要开会。等到6：30左右，会议才开始。开完会就将近7点了，我们才能下班。他还有一招，就是看到谁的工作做得好就给谁换椅子，他甚至会将椅子从员工A的屁股底下拉出来换给员工B。这手段实在太侮辱人了！我在那里干了不到半年，就辞职不干了。

重新找工作就没有那么容易了。我找了猎头公司。由于我的名字很难发音，猎头公司的经纪建议我取一个英文名，我就给自己取了 Celia Zhang。

加拿大有法律禁止年龄、种族、性别等歧视，所以求职简历不需要写身份证件上的实名，也不需要写年龄、种族和性别。我取了英文名字后，一次我的经纪打电话来与我核实我的名字时，我一着急，竟然忘记自己叫什么了，于是急得大叫："老公，我叫什么名字？"幸亏经纪听不懂中国话。这种笑话常常被先生提起。

经纪介绍我去的这家公司是一家跨国金融公司。专做基金交易软件，业务面向国际大银行和大投行，摩根士坦利也是公司的客户之一。经过一次笔试三轮面试，我被录用，职称是系统分析员 2 级。公司位于多伦多市中心最繁华地段，对面就是市政厅。公司实行弹性工作制，每天工作 7.5 小时，早到早走，晚到晚走，不需要打卡，全凭自觉。老板对员工非常好，从来都是表扬，每完成一项工作都说"Great！"无论是谁，都直呼其名，从来不冠头衔。圣诞节期间，老板给员工送圣诞卡。加班按 1.5 倍发薪水（IT 风暴之后就没这等好事了）。这是我工作过的最让人舒心的公司。

进公司没多久，我发现我们开发的软件的复杂程度是我从未接触过的。我们部门一位比我年轻许多的在加拿大拿到硕士学位的华人到公司半年后还没有搞明白这个软件的结构。有一次他问我："这个软件是不是有一万层嵌套啊？"

生活并不总是阳光灿烂的。IT 行业的美丽泡沫在 2000 年迅速破灭了。各个公司倒闭的倒闭，裁员的裁员，一片腥风血雨。我工作的公司也是风声鹤唳。那时常常会出现这样的情况：你心情像多伦多的阳光一样灿烂地迈进办公室，坐在电脑前，输入密码，发现进不去系统，接着电话铃声响起，拿起电话，人事部门的人非常客气地请你去一趟人事部，递给你一个信封，里面装着你被解雇后的补偿，没有任何解释，人事部门的人跟着你到你的办公室看着你收拾东西立马走人。我在这一波又一波的炒人风波中留了下来，一直做到退休。可以骄傲地说，我一生从未被炒，从未失过业。虽然没有大富，但是生活无忧，老病不愁，可以在自己喜欢的环境中度过余生，命运对我的确不薄。

我是一个很知足的人。觉得自己这辈子没白活。我一生在三个不同的国家生活过，奋斗过，仿佛一生活过了三世，第一世在中国，第二世在新加坡，第三世在加拿大。

此生足矣。

远方未必有诗

——在多伦多打拼的中国移民

高晓松说："生活不止眼前的苟且，还有诗和远方的田野"，这句时髦话激励了多少人奔赴远方。但是他没有说，怎样在远方找到诗。相比之下，我更喜欢诗人汪国真的诗句：

> 我不去想是否能够成功，
> 既然选择了远方，
> 便只顾风雨兼程。

有多少人，只想到了远方的诗，却没有想到远方有风雨有泥泞。

2006年8月6日下午，我走进了多伦多的一间殡仪馆去参加清华硕士、美国普渡大学、多伦多大学双料博士蒋国斌的葬礼。这位来自湖北天门的清华学子出生于1962年。他是79届湖北高考状元，出身农村，是家乡的骄傲，是许多家乡孩子的榜样。然而，他却在44岁的大好年华抛下年迈的父母、一双儿女和妻子，在多伦多401立交桥上一跃而下，结束了自己的生命。

在葬礼上，当我看见他14岁的儿子和2岁的女儿时，不由得泪眼蒙眬。移民多伦多，本来是寻找更美好的生活的，但是没有料到找工作那样难，养家的重担和强烈的自尊把他压垮了。他没有走过泥泞，没有看到风雨后的彩虹，而是在泥泞与风雨中倒下了。当我走出殡仪馆时，风雨交加，许是苍天也为他洒泪。

在多伦多的来自中国的新移民中，有许多人是“既然选择了远方，便只顾风雨兼程”的。其中有一个规律，越是放低身段的人，就过得越快乐，对生活的满意度越高。

曾经在飞机上遇到一个邻座，他给我讲了他的故事。他是东北人，40多岁，胖胖憨憨的。他告诉我，他是转业军人，在部队是营级军官。转业到地方在一个单位做房管科科长。几年前移民多伦多（没有提到以什么途径移民），没有一技之长，很难找到工作。后来就在一家火锅店工作，做洗菜配菜工（没有厨艺），他夫人也在餐馆工作，两个人虽然薪水不高，但是肯吃苦，每天工作十几个小时，攒了一笔钱买了个大房子，把一楼、二楼的房子出租，自己一家住地下室，用房租还房贷。他说：“地下室老宽敞了。”最让他高兴的是，他原本只有一个孩子，移民多伦多后，他老婆给他生了两个娃，其中有一个大胖小子。“移民太值了，这是在国内想都不敢想的事。”他语气中透着快乐。他说，他的邻居是一户白人老太，“对我老好了！我帮她剪草坪，她让我的租客把车停到她家车道上，老外太善了”。一路上听到的都是对多伦多生活的赞美。

曾经遇到过一个满肚子怨气的中国新移民，他是来给我安装抽油烟机的。他一边安装一边唠叨，他说：“我原本在天津一家研究所做研究工作，现在到这里来给你安装抽油烟机！”言外之意是大材小用了。我心想，我请的是抽油烟机安装工，不是研究人员，你对我抱怨有什么用！既然来了，就要调整好心态，否则就打道回府呗，没人阻拦你。

事实上把老婆孩子留在多伦多，自己又回国挣钱的人不在少数。特别是投资移民，做空中飞人，一年全家团聚一两次是很多人的生活状态。这些人除了拥有丰富的物质财富之外，孩子见不到父亲，妻子见不到丈夫，这其中的无奈和爱的缺失岂能是物质享受可以弥补的？

也有一些人无论多么难，都坚持一家人不分离，共同面对新生活的挑战。我的一个朋友是学化工的，有硕士学位。她老公是学英语的，也有硕士学位。育有一女，聪明美丽。我的朋友瘦瘦弱弱，却有着强大的内心。虽然她出国前是国内一所大学的讲师，但是到多伦多后，把自己放得很低，对工作不挑不拣。她做过洗浴液装瓶流水线的工人，工厂倒闭后又去犹太人开的面包厂工作，面包厂倒闭后又去建材商店做收银员。她的丈夫做翻译工作。他的客户主要是一些与中国合资的公司，他们需要把许多英文资料翻译成中文。这些翻译工作都是随机的，为了让客户随时能联系到他（若联系不到就会失去客户），他不敢出门，8 年没有回过国，从不出去旅游。就像被软禁的人。这种工作也许许多人都无法承受，但是他们没有怨言。买了不错的房子，把女儿培养成血液病专科医生。

多伦多有不少清华校友，能做自己所学专业的是幸运者。许多人只能改行。有的在做房地产经纪，有的考了律师资格做专利律师，有的转学计算机做软件工程师，有的在开公司做国际贸易，有的考了 PE（职业工程师）做技术工人，有的在做管子工和中学教师，等等。总之，我们在海外的第一代移民要想在国外发展下去，必须要先生存下来。靠自己双手挣钱，即使是打 labour（劳力工）工，在加拿大也没有高低贵贱之分。如果你想玩高尚，可以在八小时以外，把自己收拾得干干净净穿上西装打上领带去音乐厅听交响乐，没有人会因为你打 labour 工而讥笑你。

对于我们这些第一代移民而言，无论你在国内时地位有多高，事业有多成功，来到加拿大，你的起跑线与大家都差不多，你必须得放下身段重新开始费厄泼赖，只要你肯拼搏，生活质量不会太差。

当然，新移民刚开始的几年是比较艰苦的，特别是找第一份工作，许多人遇到的第一道坎是加拿大经验。用人单位聘用的条件之一是“有在加拿大工作的经验”，但是，不被聘用何来“加拿大经验”？这个怪圈不知难倒了多少人。但是，大多数人都闯过来了。无论是找到专业对口的工作还是做累脖工，抑或是转行做地产经纪、卖保险，许多人都有了自己的花园洋房，工作之余当花仙菜农，把日子过得美滋滋的。不少人的孩子都很有出息，爬藤的、做医生、工程师、搞金融的都不在少数。第一代做铺路石，第二代站在一个更高的起点上，这不就是我们所追求的北美梦吗？

我的邻居是一个是天使

中国人都说远亲不如近邻，如果近邻是天使，那是你的福气；但是若近邻是魔鬼，你就陷入了地狱。对于我这个千里万里漂洋过海的异乡人来说，陌生国度里的近邻是天使还是魔鬼就显得尤其重要。

命运对我算是公平的。它不仅让我遇到了天使，也让我遇到了魔鬼。

先说说天使玛格丽特，她是典型的盎格鲁撒克逊人。褐色的头发优雅地卷曲着，湖水般湛蓝的眼睛饱含着温暖慈爱的情感，总是衣着得体，举止优雅。这是她年轻时的照片，是不是像天使一样美丽？

◎ 年轻时的玛格丽特

永远记得认识她的那一天。那是 2002 年 11 月的一个傍晚，我刚刚搬到新买的房子不久。有人按响了门铃，我应声去开门，只见门外站着一个慈祥的西人老妇，笑容可掬。她说她是来为糖尿病基金募捐的。我请她到屋里坐，并给她开了一张支票。从此我们就成了好朋友。那时我刚来加拿大不久，她带着我去参加各种活动，帮助我了解加拿大社会，让我一点一滴地融入当地文化。每当我遇到什么问题，她是我的第一个咨询者，第一个提供帮助的人。

玛格丽特更是以我的加拿大妈妈自居，她用母亲般温暖的胸怀拥抱我这个来自异乡的异族人。她花园里的芦笋常常会出现在我家的餐桌上。她自制的果酱是我早餐面包上的美味。自从认识她，我就没有买过果酱，前一次送的还没吃完，新做的又送来了。圣诞节的甜点与圣诞礼物一起包装得赏心悦目地装点我节日的心情。生日贺卡和生日礼物是一次都没有少过。她对我生日的上心超过了我自己的妈妈。这让从小缺乏母爱的我如沐甘霖。对我养狗，那更是帮到每一个细节。从买狗前的咨询，到把小狗抱回家给小狗安家，借我狗笼，教我如何喂食，如何驯狗，冬冬健康成长的每一步都有玛格丽特的功劳。连冬冬也喜欢玛格丽特，当我遛狗时，若放开狗绳，它就会径直往玛格丽特家跑。每当我与玛格丽特聊天，看着那布满皱纹的慈祥的脸上湖水般纯净的蓝眼睛，听着那柔和温婉悦耳的家常话时，种族的界限，文化的界限便全都不存在了，存在的只有这种人与人之间至真至纯的友爱，没有一丝一毫的功利，没有种族歧视与地域偏见。我想，如果世上人人都这样善良宽厚友爱，那么这世界真的就会成为美好的人间乐园。

玛格丽特是上帝派来人间的天使，她关爱每一个人。每次我们聚会，她都会去接一些年老的人，无论刮风下雨、酷暑严冬，她都接送。送的时候总是要等到被送的老人走进屋里，打开灯，她才离开。她为我挑选华人春节的贺年品，居然能找到最美的中文贺卡，最可口的中式食品。

玛格丽特退休前是一名教师，育有一男二女，七个孙子外孙，这些人没有一个生活在她身边。每年夏天，她都去她家位于湖畔的 Cottage（度假别墅），她在那里实际上是去办 kindergarten（幼儿园），照顾她的孙子辈。她告诉我，当她的儿女和孙儿都到 Cottage 时，她要为十几个人做饭。她的丈夫身体不好，几乎每年都要住院，玛格丽特辛勤周到地照顾着他。

永远记得玛格丽特离世的那一天，那是 2014 年 7 月 24 日。那天早晨我接到玛格丽特女儿的电话，告知我玛格丽特于今晨两点因中风而去世。接到这个电话后，我心里像灌了铅，泪水止不住地流。我没有心思做任何事情，独自在家里走来走去，家里到处都是玛格丽特的身影。洗脸毛巾是她送我的生日礼物；脖子上的项链、耳朵上的耳环是她送我的；身上的开司米毛衣是她送我的；窗台上的非洲紫罗兰是她送我的；厨房里那株一年四季都开花的杜鹃也是她送我的；花园里的带风铃的彩色太阳灯是她送我的。她身体一直很好，几年前膝盖不好，置换过之后她以顽强的毅力练习走路，很快就跟健康人一样了。本以为她的生命会像那盆杜鹃一样美丽旺盛，没想到十天前的一次中风就把她彻底击垮了。

玛格丽特一生中无微不至地照顾每一个人，但是，她却没有得到任何人的照顾而匆匆离去。她生来就是奉献爱的，把暖暖的爱送给每一个她认识的人。她走了，她的爱却永存于她关爱着的人们的心中。

转眼玛格丽特离世已经五年了，我常常会想起她，想到她心里就充满了温暖和美好的情感。我想，几百年前欧洲人移民到加拿大时，面对陌生的环境、荒蛮的土地、漫长冬季的冰天雪地，人们大概就是靠这种互相关爱、守望相助的精神把莽原变成世界最宜居的乐土的。从玛格丽特的身上我看到了最优秀的基督徒的大爱。

我身边的白求恩

人人都知道加拿大有一个叫作白求恩的医生，他为了中国的抗日战争，不远万里来到中国，救治了许多人，最后献出了自己的生命。位于多伦多北部 250 公里的白求恩故居现在成了热门旅游景点。是大多数到访多伦多的中国人的必游之地。

我虽然不是基督徒，但是有时会去教会，喜欢那里宁静祥和的气氛；喜欢基督徒温暖的笑容；喜欢赞美诗那优美的旋律。在与教会基督徒的交谈中，我知道了去中国帮助中国人的医生不止白求恩一人，还有许多人去了国统区。有的不仅当医生，还建医院。甚至在更早的时候，就有加拿大传教士去中国办教堂、办学校。我读过一本书，书中详细地介绍了去中国帮助中国人的加拿大人。这些都是比较久远的故事。1949 年之后，由于众所周知的原因，就不会再有白求恩这样的加拿大人出现在中国了。

随着中国打开国门，新的白求恩又涌现了。我的朋友 Dave 就是其中的一位现代白求恩。

我是先认识 Dave 的妈妈 Barbra 的。她是一位富商的遗孀。典型的安格鲁撒克逊人。70 多岁，灰白的头发优雅地卷曲着，蓝色的眼睛透着慈祥和善良，总是衣着得体。一人独自居住在多伦多富人区紧靠河谷的有 5 个卧室的 400 多平方米大房子里。屋后的花园与河谷区茂密的树林相连。最喜欢她家的温室，足有 20 多平方米，四季花开不败。在冰天雪地的冬天还可以在她的温室里看到热带鲜花蔬果。兰花灿烂、金橘悦目，栀子花、茉莉花散发着诱人的清香。她有四个儿女，Dave 是年龄最小的儿子。毕业于加拿大安大略省贵湖（University of Guelph）大学农学院。那所大学的农学院是十分有名的。

富家子 Dave 毕业后没有在加拿大找工作，竟直奔向了第三世界去支贫。可以说是哪里艰苦就奔向哪里。他去过蒙古，帮助牧民改善牧场。他去过俄罗斯联邦的图瓦共和国，也是帮助牧民。他到中国后，去过贵州、云南、甘肃、陕西，去的都是最穷的地方。他详细讲了他在陕西米脂县一个农村的支贫工作。他除了教当地农民如何科学种田外，他还教他们如何利用沼气。他住在特别破的房子里，忍受着虱子和跳蚤，吃着百姓的吃食，在卫生条件生活条件极差的环境中尽其所能地帮助穷困的农民。我不知道在多伦多富人区的豪宅里长大的 Dave 是如何适应极端困苦的生活的，也许正像出生在多伦多北部优美的度假胜地的富裕家庭，并且生活优渥的白求恩偏偏选择苦寒之地延安一样，他们是真正的理想主义者。Dave 的支贫生活一直持续了 20 年。在他 45 岁那一年，他在珠海结识了一位来自山西雁北地区农村的 32 岁的女孩，高鼻深目长脸细高个的 Dave 与圆脸低鼻细目矮胖的中国女孩恋爱了。他们两个各自具有本民族最鲜明的特点。许是这种巨大的差异产生了巨大的吸引力，他们爱得真诚，到了谈婚论嫁的地步。他终于停止了流浪远方的生活，把她带到多伦多。第一次见到他们两人时，我惊呆了，外表差距如此巨大的两个人居然相处得如此和谐。没多久他们就结婚了。虽然母亲家有豪宅，但是加拿大人的家庭关系与我们华人非常不同。孩子成年后必须搬出去自己生活。老妈家的豪宅是老妈的，成年孩子不能住。于是，Dave 带着怀着身孕的妻子租住在一个 30 多平方米的公寓里。Dave 没有怨言，但是他的来自中国的妻子十分不理解。她对我说："你看我们这么小的房子里的家具都是朋友送的，Dave 妈妈家的地下室里有许多旧家具，可是老太太连一件家具都不愿意给我们。"富家子携穷苦出身的妻子在多伦多这个大都市里开始了穷困的生活。

虽然 Dave 是加拿大贵湖大学农学院的毕业生，但是由于他没有加拿大工作经验，找工作同样困难。他最终找到了一份给政府大楼的花园做园丁的工作。实际上这份工作一年只有半年多有事做，从十月中到来年的四月，花园里没有事可做，他就只能待在家里或者找零活。她夫人是学英语的，没有其他专业技能，也找不到工作。因此，生活的确很拮据。连一辆二手车也买不起。Dave 每天骑自行车上下班。不久他们有了孩子，是个男孩，两年后又生了一个男孩。这两个混血儿真是漂亮、可爱！他们把爸爸的高瘦的鼻子与妈妈低矮的鼻子中和为不高不低不大不小刚刚好的秀气的鼻子；他们把爸爸的深深的眼窝中的蓝色大眼睛和妈妈浅浅眼窝里的黑色细眼睛中和成不深不浅大大的黑眼睛；他们的小脸蛋不太长也不太宽，一切都恰到好处，实在是太美了，以至于他们的照片都出现在儿童刊物上了。

Dave 一家虽然不富但是其乐融融。两年前，老太太 Barbara 去世了，我去教堂参加了她的葬礼。她的一大家子人都齐聚教堂，有 20 多口人。他们一起追忆老太太的一生，没有眼泪，不时有笑声，在葬礼上追忆逝者生前的趣事似乎是加拿大人的一个传统。记得在 2011 年 8 月 27 日参加为加拿大新民主党党魁杰克·林顿举行的葬礼时，他的女儿在追忆父亲往事时讲了好几个笑话，引起许多人的笑声。这样的葬礼太不寻常了，当时感到很诧异。这次在Barbara老太太的葬礼上又出现了同样的情景。这使我感触良多，没有号啕的哭声，追忆逝者往事的笑声让人感到温馨，同时也有感动。在葬礼上，我见到了老太太的一个非常美丽的孙女，只有29岁，却已经是三个孩子的妈妈了。我想老太太死后，Dave定会继承一笔遗产吧，据说Barbara有好几处房产呢。这个把大半辈子贡献给穷人的现代白求恩理应有更好的生活。

一个加拿大人的家教

我不是基督徒，但是有几个基督徒的朋友，我们每月有一次聚会。每次聚会时，Mary，一位80多岁却像花儿一样鲜活的加拿大朋友就会摇着一个小玻璃瓶，向我们收集coin（硬币），她收集coin已经好几十年了。她用收集到的coin为非洲的贫穷乡村打井，已经打了好多口井了。

在一次聚会上，她向我们讲述了她六岁时得到爸爸给的第一笔零花钱的故事。她说，爸爸给了她6分钱，让她把这些钱分成三份：第一份是一分钱，捐给教会；第二份也是一分钱，捐给穷人；剩下的存起来。存到了5块钱的时候，爸爸给她在银行开了个账户，说可以拿利息。

听了这个故事，明白了Mary收集coin行为来自父亲从小给予的教导。

我想，这个故事不仅告诉我们如何培养孩子的乐善好施之心，还告诉我们如何培养孩子理财的理念。

善良宽厚的加拿大人

我特别相信人是环境的产物。加拿大美丽富饶，资源丰富，地广人稀，没有天灾人祸，连战争都很少。因此生活在这块土地上的人竞争意识不强，待人宽厚善良。又由于早期欧洲移民拓荒垦田，在蛮荒寒冷人口稀少的雪国兴建家园，人和人之间的关爱互助就变得十分重要。这一传统延续下来，就让我这样的新移民在这个陌生的国度有了许多美好的感受。

记得那是十年前，当我发现我所居住的社区的社区中心有一个室内滑冰场时，欣喜万分。上大学时，滑冰是我的最爱。但离校后就再也没有摸过冰鞋。现在好了，家门口就有室内滑冰场，条件实在是太好了。于是就买了冰鞋，兴冲冲地来到了冰场。双脚刚刚站上冰面，身体就来回晃荡。时间真是改变人啊，那个在冰上自由滑翔的我与我的青春一起消失得无影无踪。看来要重新在冰上获得自由不是一件容易的事。当我试着抬起一只脚单腿滑时，身体失去了平衡，重重地摔在冰面上。这时一个五六岁的小男孩一转弯潇洒地停在我面前，弯下腰关切地说："Are you Ok? "这么小的一个孩子就知道关心陌生人，真让人感动。

一次在社区中心的游泳池里游泳，我不经意地咳嗽了几声，几个水道之外的一位陌生的中年妇女又送来一句同样关切的问询："Are you Ok? "

在加拿大，你经常能遇到这种来自陌生人的关心。一次我开车，有一辆汽车尾随我鸣笛要我停下来，当我十分困惑地停下车后，一位英俊的青年告诉我我的汽车轮胎瘪了。他领我到最近的加油站，帮我打气并且告诉我最近的修车行在哪里。

在多伦多，我常常遇到活雷锋，一次在 Home Deport 买修 deck 的木料，装好木料，开起 Mini Van，突然有一个人鸣喇叭并指指我们车的右后方。停下车后发现右后胎全瘪了，车胎被一颗螺丝钉扎破了。没有办法，只好去卸备用胎，由于长久未用，备用胎生锈卸不下来。这时来了一个中年白人男子，他说他有办法帮我们补胎。随后他到他的车里取来一个工具包，从里面拿出了一个小锥子，他把螺丝钉拔出来，用小锥子把胎上的眼钻大，然后又从包里拿出来一个小盒子，取出一根橡胶条，用 Y 型的锥子把橡胶条塞进胎孔。接着又到他的车里拿来电动打气筒。一番忙碌，把车胎补好了。我心想此人可能是个流动修车的，要给他钱，谁知他坚拒。他说，这些东西都可以在 Canadian Tire 买到，十几块钱而已。这样的好人好事是许多人都遇到过的。

先生与他的弟弟弟媳等几个人去北极旅游，下雨路滑翻了车，那么偏僻的地方，每一个过路的车都停下来询问是否需要帮助，雷锋遍地啊！

移居多伦多已经 22 年了。有没有遇到不那么善良友好的人呢？当然有。细想起来有两次。一次是在下班回家的地铁中。下班回家的地铁总是很安静。工作了一整天的人大多闭着眼睛休息。这时有两个操国语的中年女士大声说笑。国人这种毛病一时半会儿改不了，大多数多伦多人只是撇撇眼而已。但那天却有一位老太太大吼一声："Shut up! " 原来她坐在这两位中国女人旁边，手里捧着一本书，大概是实在受不了了，遂粗鲁地吼了一声。紧接着她便下了车，可能是看到其他乘客异样的眼光不舒服吧。而那两位女士用中文在她身后甩下一句：“神经病”，接着聊。

还有一次是我遛小狗冬冬，没有给冬冬拴狗绳。它看见一只野兔，便追了过去。这时不知从哪里冲出一个壮汉，冲我大吼，语言十分粗鲁。我想他可能爱动物爱得紧，小狗追野兔触怒了他。错在我，我只好牵着冬冬落荒而逃。从此再也不敢放任冬冬追野生动物。也算是一次深刻的教训吧。

与北美小动物斗争之一

——战松鼠

初到北美，常常被那些可爱的小动物所吸引。最常见的是松鼠，它们那机灵敏捷的身姿到处可见。我喜欢看它们在草地上跳跃，那长长的尾巴在绿草地上画出一道跳动着的弦波。我也喜欢看它们吃花生的样子：用两只前爪抱着花生，眼睛机灵地转着，小嘴巴灵巧地咬着，转瞬间就剥出了花生仁，丢下了花生皮。由于松鼠太多，常常在马路上看见被汽车压死的松鼠。由于心里着实喜爱这种动物，所以当我驾车时遇到要过马路的小松鼠就格外小心，不忍心伤着它们。一日我竟然惊奇地发现一只松鼠像杂技演员走钢丝一样沿着架在马路上面的电线过马路，我想这大概是只天才松鼠，真应该号召所有的松鼠向它学习，这样可以避免许多惨祸。谁知这种被我百般珍惜宠爱的小东西却让我饱受其苦。

那是移民多伦多的第二年，我们买了一间 house。这是我第一次拥有一间带花园的房子。我自幼喜欢植物，却阴差阳错地学了计算机。最大的梦想是莳花薅草，现在几十年的梦想终于可以实现了，我高兴得摩拳擦掌，迫不及待。记得我们搬进新居是在 1998 年的 5 月 8 日，多伦多一年里最美丽的春天。搬家那天的情景历历在目：车子开进新屋所在的道路，路两边的景致美不胜收，树木的新叶嫩得滴翠，各家门前的草坪如嫩绿的地毯，地毯上开着鲜艳的花儿，鸟儿在枝间歌唱，蓝天上白云悠悠地飘过。我的北美农妇的幸福生活就从这一天开始。

顾不上整理凌乱的家，每天下班后最大的乐趣是种花。我在花园里种了几棵向日葵。它们长得很快，没多久就长得有一人多高，且枝干粗壮挺拔。接着，枝端长出了花朵，花朵开放后越长越大，最后花盘的直径有半米。秋天来了，向日葵的籽粒一日日饱满，我看着那个高兴啊，想象着收获的喜悦，想象着新鲜的炒葵花子的香味。然而，就在某一个秋日的早晨，我走到向日葵旁，却看见花盘上的籽粒荡然无存，土地上有一些空葵花籽皮。我辛苦了半年几乎是颗粒无收，谁偷走了我的葵花子？

没多久后的一天，我坐在一楼的沙发上看书，听见天花板中有声音，仔细听，像是小动物在里面开 party，哗啦啦跑过来，哗啦啦跑过去，而且不是一只，像是有很多只。再后来，发现有木屑从天花板上的通气孔掉下来。仔细观察，原来是松鼠在里面安家落户生儿育女，我种的向日葵就是它们越冬的口粮。这个发现给我增添了烦恼，这可恶的小东西，偷了我的葵花子还不够，还要破坏我的屋子。咬坏了木头不打紧，怕的是咬断了电线出事故。为了把这可爱的——啊不，可恨的小东西赶出去，我们一家三口伤透了脑筋。先生先是主张用烟熏，又担心没有熏走松鼠反而点着了房子引起火灾。我提议用捕鼠笼子捕，但找不到合适的地方安鼠笼。没辙了只好采用下策，在松鼠出入的必经之路上涂了许多粘老鼠的鼠胶。我知道鼠胶粘不住松鼠，但以我们人类的经验，粘上鼠胶很不好受，想必松鼠也不例外。第二天我看见属胶果然厉害，鼠胶上留下了许多松鼠毛。我思量着这回松鼠可不敢再来了。 哪知松鼠比我们人类顽强多了，丝毫不畏惧路途艰险，舍得一身毛，定要把家回。实在没办法，我只好采用下下策，用木板钉死它们出入的洞口，心说对不起了，只好让你们的崽儿死在里面了。这回我又失败了，松鼠根本不把我钉的木板当回事，没多大工夫，就把木板咬了个洞。照样自由出入我家房顶。万般无奈，只得花 240 加元请驱鼠专家。那位驱鼠专家看见鼠胶上的松鼠毛，说，想必那松鼠跟我一个样了。遂脱下帽子，妈呀，他头上一根毛也没有。我想象不出没毛的松鼠是个什么样子。这位驱鼠专家没费多少工夫，就把事情搞定了。我问他生意好不好，他说一天差不多要去 5 家。我一算，他一天要挣 1000 多加元，可比我当电脑工程师强多了。从此我再也不敢小瞧这种小东西了，它不但可爱，而且顽强，除此之外还是创造就业机会的功臣。我该给政府有关部门写封信提个醒，要让加拿大人更加爱护动物，特别是松鼠。

与北美小动物斗争之二

——战浣熊、斗臭鼬

我这个人喜欢小动物，小动物也喜欢我。在第一个 house 里松鼠不邀而至，在第二个 house 里又与浣熊、臭鼬结下了不解之缘。

我是 2002 年 9 月搬到第二个 house 的。十分喜爱这里的环境。住宅邻近一条小河，河边有茂密的树林和绿地。常有野生动物在房前屋后出没。

野兔在房前屋后的草地上跳跃，遇到人时并不惊慌，瞪着大大的眼睛与人对视，直到人走到离它十来步时，才跳跃着跑开。如果花园里种绿叶蔬菜，野兔就是常客，它吃剩下的才留给你。

松鼠仗着会爬树，很是嚣张，在篱笆、屋顶、树梢间跳来跳去，偷吃花园里的蔬果，让人又气又恼又没办法。

鹿儿警觉机敏，只在树丛中出没，从来也不危害居民。

浣熊最爱翻垃圾桶。我先生想尽了办法对付浣熊。他先后尝试过把垃圾桶绑在铁栏杆上，把桶盖拴住，桶盖加重物压住，都不能阻止浣熊。只要垃圾桶里有鸡骨头、肉骨头，那么第二天一早准能看见垃圾桶倒翻在地，满地的垃圾惨不忍睹。浣熊喜欢夜间行动，爬墙上树很是敏捷。一次夜里我看见邻居家房顶上居然有 5 只浣熊，1 只大的、4 只小的。它们攀着房子旁边的树枝上了房，又攀着树枝下了房。我呆呆地看了近半个时辰。

◎ 浣熊

为了对付浣熊，多伦多市政府已经给我们换过三次垃圾桶了。

最厉害的是臭鼬。

臭鼬的英文名叫 skunk。亚洲没有这种动物，据说只有北美有。它长得很可爱。但是任何人和动物都不敢接近它。它有着连熊和狗都怕的利器：臭屁。

它的屁来自尾部喷射出的液体。它能把这种奇臭的液体喷射 2—5 米高。这种液体有多厉害，百科全书上说它可以使人或动物的眼睛失明。这液体有多臭，这么告诉你吧，它可以传播到一千米以外。那是一种说不出的臭味。如果在驾车时闻到这种怪味，那么一两公里处定会有一只被压死的臭鼬。

臭鼬仗着有无敌于世界的臭屁，所有动物都离它远远的。可以说没有天敌。我常常看见它迈着不紧不慢的步子，悠悠地在房前屋后漫步。我怀着深深的恐惧，对它敬而远之，心想，只要我不冒犯你，你也不应该给我造成麻烦。但是，人的行为逻辑在动

◎ 臭鼬

物那里全然没用。

那是搬进新 house 的第一个冬天，寒凝大地，风雪漫天。一天半夜，睡梦中的我被一股令人窒息的臭气熏醒，那味道是那样的强烈，以致我不敢呼吸，不能入睡。为了驱除臭味，我在被窝里洒香水，但香水味盖不住臭味。我的外甥女与我们住在一起，她把她卧室的窗打开，任零下 20 多摄氏度的冷空气吹入。她说，宁肯冻死，也不愿被臭屁熏死。

第二天我上班，一走进办公室，同事就问，你身上什么味道？啊，是 skunk 的臭味，这下你可惨了。随后我就知道我有多惨了，屋子里所有的物件都沾上了这股臭味。我的每一件衣服上都有这股味道。就连我办公室里挂大衣的小衣柜，半年后还能闻到这种臭味。

从那天夜里开始的三个多月，舒适温暖的家就成了我的炼狱，最痛苦的是下班回家开门进屋。随着房门的推开，刺鼻的臭气便汹涌而出，我必须要屏住气才能走进屋子。进屋后要半个小时，才能习惯屋里的空气。一次我的朋友到访，我打开门迎他们进屋，他们用手捂住嘴鼻，大叫：“这是什么味道？”

这臭气到底来自哪里？莫非臭鼬跑到屋里来了？不可能啊。经过仔细观察，发现臭鼬就在我家deck下。deck高出地面三四尺，四周围着木板，但木板有缝隙。它们定是发现此处是一个遮风挡雨的好处所，于是从缝隙中钻进去，在deck下安家落户、生儿育女过起了幸福生活，时不时放几个臭屁权作消遣。这臭屁沿着墙缝进入地下室的洗衣间，里面有供暖设备和空气清洁器，充满了臭气的空气被加热后当作新鲜空气送往每一个房间，于是，臭气便散播开来，无处不在。

知道了缘由，我和先生冒着严寒堵木板上的缝隙。从HOME DEPOT买来铁丝网，把大部分缝隙全都堵上，只留了一个供它们出入。若不留出口，把它们封死在deck下，我们也会被熏死在屋子里。先生把出口做成单方向开启的，即只能出，不能进。先生认为这下应该解决问题了。但是，没过多久，臭鼬便在那个出口下挖了一个洞，那个出口便不起作用了，臭鼬岂能轻易离开这么好的窝？我们是轰又不敢轰，赶又不敢赶，在deck上走动都脚步轻轻，生怕惊动了它们又招来一个臭屁。这可怎么办呢？我求教于好朋友兼邻居的玛格丽特和她的先生Gene。Gene在对付臭鼬上很有经验。他借我一个捕动物的笼子。告诉我们怎么用。我把笼子放在那个出口处，放了一块鸡肉作诱饵，两三天后便捕到一只臭鼬。

在我们兴高采烈地庆祝我们的胜利成果时，我们很快意识到新的难题又摆在面前：拿它怎么办呢？把它丢得远远的，可是怎

◎ 被捉住的臭鼬

么敢接近它呢？它若看见我，还不放个屁把我崩得远远的？还是先试探试探，跟它搞好关系，让它熟悉我把我当朋友。于是，我拿一根长长的竹竿挑一个鸡翅慢慢接近它。竹竿刚刚碰到笼子，一阵臭气便冲了过来。我只好作罢。

就这样，臭鼬在笼子里关了近两个星期，它竟然把笼子下面的土刨出一个坑来。

我心里很是不忍，又拿它没办法。心想，它若饿晕了我就接近它打开笼子把它放了。有一天我看见它不动了，慢慢靠近笼子，仔细看，它已经死了。先生这才放心地打开笼子，取出它来，在河边挖了个坑，把它埋了。

我喜欢动物，但怎样跟这些可爱又可恼的动物相处，可不是一件简单的事儿啊。对不起，可爱的 skunk，我在学习与你相处的过程中伤害了你，愿你在去天国的路上一路走好。记住，下辈子别再与我为邻了啊！

小动物在花园里安家带来的惊喜

朋友家的花园里住进了一家稀客，一窝野兔，兔妈妈带着五个兔宝宝在她家花园里安家落户，过起了幸福生活。这快乐的一家子不仅仅给朋友一家带来了惊喜，还带来了担忧、牵挂。剪草怕惊着它们，绕着那片草地剪；下雨怕它们淋着，拿白菜叶子给它们挡雨；经不住好奇心把小兔兔捧在掌心里，又担心兔妈妈嗅出小兔兔身上的异味而不喂小兔兔；每天关心这一家子的生活，牵着、挂着，连上班都忘不了它们，抽空打电话回家了解它们的情况。那情景真像自己家里添了个小孩似的。

◎ 花园里的野兔宝宝

我也有过多次类似的经历。

第一次是我家刚到多伦多不久，第一次住带花园的房子。花园里有一株铁线莲，爬在篱笆上，春天，满篱笆粉红色的花，美得炫目。我每天下班后都要走到花园里，立在篱笆前，看看花儿，嗅嗅花香。这一看、一嗅好像充电似的，顿时精神饱满，心情愉快。一整天工作的疲劳也就减轻了许多。

有一天，发现篱笆上的花簇里，有了一团草。那草一根一根圈成圆形，不像是乱堆的。再过几天，那团草已经很有些形状了，圆圆的，小笸箩状，盈盈一握大小，很有些艺术性呢。又过了几天，小笸箩里有了一粒蓝色的蚕茧般大小的卵，后来又多了一粒。终于，看见卵的主人了，是 American Robin！多伦多很常见的一种美丽的小鸟。为了不打搅 Robin 孵卵，我只能站得远远的看花。

又过了一些时日，看见鸟妈妈飞来飞去地忙活，知道雏儿出

◎ 鸟卵

来了，好高兴。悄悄凑近看，两只没毛小鸟依偎着躺在窝里，睡得正香。

时间过得真快，小鸟很快长满了毛，茸茸的，可爱极了。鸟妈妈鸟爸爸不停地飞来飞去找食物喂小鸟。小鸟渐渐长大了。我太喜欢它们了，真想捉一只养在家里。所以，有一天，我就从鸟窝里抓了一只拿到屋里。谁知鸟妈妈和鸟爸爸急疯了，在屋外飞来飞去，狂叫着，几次要往屋里冲，先生也对我的行为极度不满，要我赶紧把小鸟放回窝里去。我不敢怠慢，立马让小鸟回家。

第二天，鸟去窝空。我好后悔啊，为了自己的私欲，得罪了鸟儿一家，我不但没有养成小鸟，连近距离观看小鸟的机会都丧失了。

第二次鸟儿到我家落户是2015年的春天，多伦多的四月中，春寒料峭，正是乍暖还寒时节，可是被冰封雪盖了小半年的大地苏醒了，万物苏醒了。窗外的小鸟唱着欢歌，浓情蜜意成双成对。出门去倒垃圾，无意中惊飞了一只小鸟，抬头看，屋檐下垃圾桶上方去年挂盆花的花盆里两粒雪白小巧的鸟蛋甚是可爱，才知道我惊飞的是一只孵蛋的鸟妈妈。

这只鸟儿好聪明，选择屋檐下悬挂的花盆作产房，雨淋不着，其他小动物祸害不着。唯一能惊动它的就是我们打开垃圾桶放垃圾及收垃圾的时候。为了不再惊动它，先生猫着腰把垃圾桶挪了位。自此，我们每天出出进进，都能看到它，它小小的黑黑的眼睛也静静地望着我们，它与我们相隔不到两米。天天如此，它渐渐习惯了，静静地卧着，一动也不动，仿佛入定了。我们的出入也不再引起它的警觉了。我们与它俨然已经建立起了一种信任，而这种信任是一件多么美好的事情，无论人与人之间，还是人与动物之间。记得读过冯骥才的一篇散文，其中提到他在家里养了一只小鸟。有时忘了关鸟笼子，鸟儿就飞了出来，落在他的写字台上，在写字台上漫步，有时还会把屎拉在他的稿纸上。有一次，小鸟竟然落到他的肩头，居然在他肩上睡着了，他一阵感动，热泪盈眶，他想，这就是信任，而信任是一件多么美好的事情。

醉在枫林深处

未到多伦多之前，从来不知道秋天的枫林会美成什么样子。虽然在北京住了近20年，香山红叶也算是北京的著名景观，但每年秋天上香山，看着稀稀落落几棵枫树前黑压压的一片人头，无论如何也生不出“万山红遍，层林尽染”的诗意来。

到多伦多的第一个秋天，就让红枫给镇住了。这里不愧是枫叶之国，第一是规模大，山坡上，河谷间，旷野里到处是成片的枫林，就是住宅区，马路旁也是遍植枫树。第二是树种优良，这里的枫树树干粗壮高大，树冠繁茂，叶片肥大，品种繁多。由于有规模，所以红起来就气势磅礴。由于品种丰富，所以枫叶的颜色绚烂多彩。我敢说，无论春花多么灿烂，夏花多么艳丽，都比不上加拿大秋天的红叶，那种排山倒海的气势，丰富多彩的颜色是无与伦比的。

每年感恩节前后是赏枫的最佳季节，这个时候驾车出行将是绝美的视觉享受。车子刚刚开出车库，门前的红枫就向你招手，好像是在向你道早安；在住宅区行驶，一株株红枫如同燃烧的火炬，明晃晃地点亮你的视线；转入驶向多伦多市区的蜿蜒在河谷间的高速公路，漫山遍野的枫林扑面而来，那气势，仿佛红霞落满峡谷，又像上帝打翻了调色板，把深红、火红、橘红、玫瑰红、胭脂红、粉红、橘黄、橙黄、金黄、淡黄、鹅黄、深绿、墨绿、嫩绿泼洒了一地，这么丰富的颜色使眼睛不够用，开车会注意力不集中，于是我选择乘火车上下班。一上车，找个靠窗的位置坐下来，把脸转向车窗外，痴痴地享受这大自然赐予的视觉盛宴。

赏枫是年年秋季的一大乐事，从十月的第一个周末开始，到10月20日前后，赏枫的人们倾城出动各奔东西。赏枫的地方有许多处。远一点的去Agawa峡谷，乘玻璃顶的火车在红枫林中穿行是永世难忘的经历，那种被红叶包围的感觉是如此美妙，仿佛自己也化成一片红叶融化在烈火般燃烧的枫林中了。

近一点的地方是白求恩故居附近的Muskoka湖滨区及它北面的阿冈昆省立公园。

再近一点的就是位于市郊附近的一些park。

赏枫最好是晴天，明丽的秋阳高挂在碧蓝的天空，朵朵白云在蓝天上飘浮，蓝天、白云、丽日、红叶交织出一幅绝美的人间仙境，此刻若徜徉在枫林中，柔和的秋风拂过面颊，窸窸窣窣的

◎ 加东枫叶红了

树叶在林间低语，林中草木的清香沁人心脾，只觉得心旷神怡，身心俱爽。你可以独自一人缓缓而行，看到一棵独特的枫树，停下脚步，伸手拽过一枝细看那枫叶的颜色、纹理，你发现世界上真的没有两片完全相同的枫叶，每一片都美得那么独特，那么有性格。走累了，坐在树下，抬头，你会看见离树的枫叶如飞舞的彩蝶，那飘落的姿势是如此优雅，跳着生命的华尔兹潇洒地落在碧绿的草地上，为美丽的生命画上一个完美的句号；低头，你会不由自主地捡起几片落叶，赞叹它们的美丽，你或许会把它们带回去，夹在书里，某日翻书，不经意间看到，那枫林间美丽邂逅将会浮现在眼前，你又重温了一遍赏枫的美妙。你也可以约三五好友在枫林中漫步，欢快的交谈声和着脚踩落叶的唰唰声在枫林中回荡，玩儿累了，找棵大树围成一圈，把带来的美味摆在落叶上，来一顿枫下野餐，伴着美景品着美食，人生如此，夫复何求！

若是阴雨天，不要沮丧，那将会有另一种味道。淋过雨的红

◎ 淋过雨的枫叶

叶有一种水灵灵的艳丽。它们娇美如春花，如少女，你一定要凑近了看，看那一抹胭脂红是怎样在叶片中晕染开来，片片叶子都像带着娇羞红晕的少女，羞答答地等待着你的欣赏。

曾有过踏雪寻枫的经历，几年前的一个秋日，我与先生去阿冈昆赏枫，当车子开近白求恩故居时，开始下雨，没多久，雨就变成了雪，雪片在车窗前飞舞，眼前的景色迷迷蒙蒙如梦如幻。太有诗意了，我们随即转入一条林间小道，小道窄得只容一辆车子行驶。两边的枫叶遮天蔽日，林中幽静得似乎听得见雪花落地的声音。此时，一对恋人手挽着手在林中悠闲地漫步，飘飞的雪花为这对枫林中的情侣伴舞，红叶映红了他们幸福的脸庞，看上去他们不是很年轻，但是他们的爱情如这红枫一样热烈地浪漫地燃烧着，真让人羡慕。看到他们，我想，人的生命的秋天也一样可以拥有斑斓的秋色的。

一晃来多伦多已经22年了，22年来年年赏枫，年年还是看不够。每次看到红叶，精神都为之振奋。记得我到多伦多的第一个秋天，我在读ESL英文，口拙嘴笨，又记不住单词，凭着这种英语，怎能在这陌生的异国他乡打拼？心中难免忧虑。课间走出教室，校园里耀眼的红枫让我的精神陡然一振，那满树火红的枫叶点燃了我的希望，使我爱上了这个陌生的国家。通过自己努力，我找到了理想的工作，把自己的日子也过得像枫叶一样的红红火火。

网友风中秋叶为此文章赋诗一首：

一片片殷红
一株株黄绿
构成秋染的层林

把视觉
陶醉

一条阳光下的白线
分划了谷底的缤纷
一片闪亮的湖光
牵起梦的源头

阿岗昆的晴日
用明丽的秋阳
碧蓝的天空
把山林配得绚丽
把人间弄得神怡

枫叶如舞之蝶
在空林
划过
华尔兹的优雅
为其生命画出完美之符

生命的光辉
随青春的拾叶
矗立在文字之间
永恒

多雪的冬天

用这个题目是因为喜欢苏联作家柯切多夫的小说《多雪的冬天》。许多那个时代的年轻人大概都记得这本书。一本好书居然有这样的魅力：与青春岁月一起永驻心头。

晶莹的白雪总是令人产生许多遐想。记忆中与雪有关的印象都是美好的。出国前居住在北京，虽说诗仙李白有“燕山雪花大如席”的诗句，但真正的大雪还是很少见的。若是碰上一场大雪，人们像过节一样高兴，拿着相机到处拍雪景。那时我住清华园，离颐和园很近，大雪过后，不管路有多滑，骑着自行车就往颐和园跑，大雪过后的颐和园，嵯峨的楼台宛如琼楼玉宇，千树万树“梨花”盛开，端庄、素雅、高贵、圣洁，气派非凡。带着儿子在昆明湖上玩自己做的雪橇，雪钻进了儿子的鞋里，把小脚冻得红红的，儿子玩得高兴，连说不冷。那情景仿佛就在昨天。

后来移居新加坡，一个常年为夏的赤道上的国家。那时日日思念的是北京的雪，赏雪玩雪只能在梦中。有一年冬天来自清华自动化系的何世忠老师回国探亲，回新加坡后讲到他在北京遇上了大雪，他高兴极了，在雪里走了两个多小时，任雪花洒满全身，任雪水在脸上流淌。“好痛快”，何老师忘情于纷飞的大雪。我心中却是怅然若失。移居到一个没有四季的岛国，我失去的何止是赏雪的乐趣！

又一次举家迁移，来到了北方雪城多伦多。选择多伦多的主要原因之一是这里有着和我的故乡类似的气候。落地时是七月，美丽凉爽的夏和无比绚丽的秋让我庆幸自己选对了地方。但朋友提醒说不要高兴得太早，喜欢不喜欢要等到冬天再说。

移居多伦多的头一年就碰上了一个多雪的冬天。记得那是圣诞前夕，有一天早晨起床出门，费了好大劲儿才把门推开，出去一看，雪深及膝。忙叫先生和儿子，他们惊呼着跑出来，平生没见过这么大的雪。父子俩兴奋地大呼小叫，忙着拿相机要拍照，却走不出去。这才知道首先要扫雪。“扫雪”是在北京时的概念，多伦多的雪是扫不动的，要铲才行。好在前一个房主在车库里留了一把铲雪用的铲子。一家三口费了好大劲才把门前的雪弄干净。那一场雪使得多伦多交通瘫痪，当时的市长 Lastman 请军队开装甲车来帮忙清雪。马路两旁的雪堆得高高的，走在马路上像走在防空洞里似的。这真让我长见识了。可是，当我同邻居谈起这场大雪时，他说这不算什么，他经历过 70 年代的一场大雪，当他好不容易走出家门后，却找不到汽车了，他的车完全被埋在雪里了。

一年又一年，22 个春夏秋冬就这样过去了。尽管经历了一次又一次的大雪封门，一次又一次的天寒地冻，我还是要说，我喜欢多伦多，喜欢雪是喜欢多伦多的原因之一。

与雪相伴的日子

自移民多伦多以来，22 年的日子有一小半与白雪相伴。粗略一算，少说也有2000天。回望这些日子，仿佛在回望雪地上的脚印，有深有浅，有苦有乐。

第一次在多伦多见到大雪，涌入心头的是那种久违了的惊喜。整整七年了，在赤道上的新加坡，见到雪只能是在梦中。儿子高兴得在雪地上打滚，我们一家三口攒雪球打雪仗，玩够了，才开始铲雪。我虽然生长在中国北方，但是一辈子也没有见过这么大的雪。所幸前屋主留下了一把雪铲，当一家人把车库前的雪铲干净时，每人都累得汗流浃背，移民多伦多后遇到的这第一场雪就给了我们一个下马威。

第二场大雪带给我的是一场惊吓。那时我刚刚拿到驾照，花 3300 加元买了一辆二手车。一天雪后，我开着车带着先生、儿子还有朋友一家三口，总共六个人去看房子，当车子驶入通向高速公路的弯道时，突然车轮打滑，冲出车道，我一踩刹车，车子就横了过来，万幸前后左右没有车，才避免了一场车祸，我吓出一身冷汗。此后每当驶入那条路，就会想起那一幕。真的是一朝被蛇咬，十年怕井绳。

让出行者最害怕的不是大雪，而是冰雨。那种带着冰碴的雪落到地上就会变成一层厚薄不均的冰，奇滑无比，开车容易出车祸，行走容易摔跤，一不小心就会滑倒，轻则皮肉疼痛，重则骨折。

这种冰极难清除，要拿铲子一点一点地铲掉。2009 年 12 月的一场冰雨就累得我腰酸膊痛了好几天。

下雪天最窝心的是被困在尚未清除积雪的交通堵塞的道路上，一条无头无尾的车龙像乌龟一样爬行，有时比乌龟爬得还慢。平时十分钟车程的距离，最长的一次竟然开了 3 个多小时。那种在焦躁、无奈中受煎熬的滋味真是不好受。

若是不堵车，在雪中开车却是一种很浪漫的享受，特别是在夜间。席片一样的雪花飞蛾扑火似的扑向车窗，立马被雨刷无情地扫落；车窗外被车灯照亮的雪花翻滚而来，远处是深不可测的夜，翻滚的雪花仿佛夜的眼，闪闪烁烁，明丽动人。这时我喜欢放一首浪漫的音乐，让雪花为音乐伴舞，车子在风雪中疾驰，心情跟着乐曲起伏，把大雪、寒冷都远远地抛在车轮后面，尽情享受雪中飞驰的美妙。

最喜欢雪花飘飘的夜晚坐在壁炉前，看红红的炉火在壁炉中跳跃。壁炉里的火苗像红色的小精灵，窗外的雪花像白色的小精灵，它们的舞蹈是这样的对比强烈，强烈到水火不容；又是这样的和谐，和谐到同时出现，互相依存、相互映照，让舒适与诗意并存，温馨与寒冷共在。

与雪相伴的日子是单调的，五彩的世界变成了黑白照片。那条天天遛狗走过的小河，退去了春、夏、秋时节的彩衣，换上了一条白裙。但是细看，河水变得更清澈，宛如镶嵌在白玉中的一条翡翠，纯净清亮得一尘不染。它自己仿佛也很喜欢这种装扮，细听，它的歌声更清脆、更欢快，哗哗哗唱个不停。

与雪相伴的日子又是热闹的，圣诞的灯饰与白雪相辉映，孩子们在雪地里追逐嬉闹。儿子每次回来都要堆雪人。他堆过一个

◎ 丁丁、冬冬、当当，老唐家响成一片

巴顿将军，那个巴顿穿着用胡萝卜作纽扣的军服，举着一杆加拿大国旗，很是威风凛凛。去年他堆了一个可爱的小雪人，起名叫当当。我们一家人抱着小狗围着小雪人拍了一张全家福。老公把这张照片寄给朋友，在照片后面写上："丁丁（儿子的名字），冬冬（小狗的名字）、当当，老唐家响成一片"，瞧瞧，够热闹的吧。

2010 年 1 月 9 日

燕燕飞来，问春何在？

“燕燕飞来，问春何在，唯有池塘自碧。”是南宋词人姜白石（姜夔）寓居合肥时写的名句。看来合肥的早春是在池塘边。多伦多的早春却是在雪堆旁。在经历了一生中雪最多的一个冬天（将近200厘米）之后，春终于来了，尽管它步履蹒跚。虽然雪还没有化尽，雪堆旁已有蓝色和紫色的小花（Scilla and Crocus）张开了笑脸。走在早春的阳光下，春风柔柔地拂过面颊，脚下是松软的泥土，枝头是唱着欢歌的小鸟。大地苏醒了，打一个长长的哈欠，抖抖身子，懒懒地说：春来了！

记得小时候，春是在我的小篮子里。那时我家所在的铁路家属院紧邻人民公社的田野。每年春天，当妈妈递给我一把小铲，一个小菜篮，要我去挑荠菜时，我就知道春天来了。在早春的麦田里，碧绿的荠菜左一朵右一朵长在田垄中，与绿油油的麦苗儿比个儿。我右手拿着小铲儿，左手揪着荠菜叶儿，一铲一个，没多久，小菜篮就满了。我提着小篮，嗅着荠菜的清香，唱着歌儿，蹦蹦跳跳地往家里跑。妈妈把我采来的荠菜择洗干净，下面条时放一把在锅里，那茵茵的嫩绿的叶片漂在汤面里，春就漂在饭锅中，吃到嘴里，春就留在齿颊间。吞到肚子里，心里溢得满满的便都是春天的喜悦。

新加坡没有春天，我却找到了一个寻春的好去处，那就是画廊。我在画廊里不仅找到了春天，还找到了四季。不记得有多少

◎ 住宅小区的春天

个燠热难耐的周末，我在画廊里体验春去秋来的四季变化。记得一次我站在一幅画前发呆，那是一幅水墨丹青，画面上是几棵垂柳，叶子快要落光了，长长的柳丝随着秋风起舞，那秋风的寒意竟让我不自觉地抱起了双臂。画廊的主人很奇怪，他问我，你冷吗？我说，是画面上的秋风冷。想要给他解释秋风中的感觉但又打住了，对于没有经历过四季变化的新加坡人讲述四季是我痛苦的经历，无论如何也讲不清楚。更别说这种悲秋伤春的小资情调了。

在新加坡时，思念四季是我浓浓的乡愁。一切能让我联想起四季变化的植物都使我感动。当我惊奇地发现开在北方的春天里的蒲公英也在新加坡开放时，我对这种植物便多了一份敬意。移民多伦多后的第一个春天，当我在一户人家的花园里看到芍药的紫红色的新芽钻出泥土时，竟然热泪盈眶，久违了，春天！自然界不能没有春天，一如人生不能没有青春。

有网友在这篇博文后贴了一首诗：

春来了！
小时候，春在篮子里。
一把小铲，一个小篮，挑荠菜。
麦田里，碧绿左一朵短，右一朵长；
田垄中，麦苗儿比个儿高，比个儿长。
小苏珊，左手荠菜儿，右手小铲儿，
一铲一个，没多久，春在小篮里。

新加坡，没有春天，
寻春却在画廊里。
闲闲水墨，
寸寸丹青，
绿柳垂杨随意动，生寒莫是画中风？
秋风秋意秋心弄，小资情调数娇浓。

莫说悲秋伤春，秋红隐喻春浓。
思念四季由我，但说乡心匆匆。

蒲公英，风信子，去远随风。
多伦多，第一春，芍药新红。
啊！

春天久违，原在深冬里，未能埋。
热泪弄人，伴新芽出土，竟盈眶，
人生四季，岁岁皆含春，春不息，
心春如种，一如人生意，总不闲了青春。

2008年4月10日

铺满爱的雪原小径

爱情是什么？是情人节的鲜花，是烛光晚餐，是深情的拥吻，是阳光明媚的海滩上的追逐，是花前月下的缠绵，是执子之手与子偕老，是许许多多浪漫的故事。但我的邻居和好朋友 Marguerite Porter 和 Gene Porter 这对老夫妇的爱情却是雪地上的小径。

在多伦多这个北国雪城，今年冬天的雪格外的多，据官方发布的消息，入冬以来已下了 197 厘米的雪。

因为我养狗，所以大雪天也要出去遛狗。踏着深及小腿肚的积雪深一脚浅一脚地来到了通向 DON RIVER 的小径旁。小径上一条整齐的雪径出现在眼前：

这条雪径从 Porter 家后院出发，弯弯曲曲通向河边。我牵着小狗冬冬，沿着雪径，走到了小河边。雪径带着我蜿蜒着进入了河边小树林，又带着我出了小树林进入了河边小道，雪径弯弯曲曲近 3 公里。我一边走一边感叹，就在我离开家门口时，我的先生还在为清除车库门前的积雪发愁，而一位 82 岁的老人，却已经在雪原上开出了一条 3 公里的路。这么艰巨的工作，对年轻人也是个重活，而对一位耄耋老人，要什么样的体力和毅力才能完成呢？

第二天在 Community Center（社区中心）见到了 Marguerite，我告诉她我遛狗时走过了 Gene 开出的雪径并惊叹于他的壮举。

◎ Gene 铲出的遛狗雪径

Marguerite 不无得意地告诉我，这条雪中小道是他们 53 年的爱情见证。Marguerite 是一个爱狗如命的人。无论天气多么恶劣，她每日必要遛两次狗。而从儿时开始，她就养狗。自从与 Gene 结婚后，为了妻子遛狗方便，Gene 每逢雪后必先为妻子清理出一条雪中小径来，50 多年从不间断。现在年纪大了体力已大不如从前，昨天是分两次清理完雪径的。由于雪太大，积雪层高过铲雪机，极其费力。清到一半时，汗水把内衣都湿透了，他回家换了内衣接着干，清完了雪道才开始清理门前的积雪。

Marguerite 的话深深地震撼了我。我想，无论什么样的爱的誓言在 53 年的铲雪过程中都会变得苍白。记得 3 年前参加这一对夫妇的金婚纪念时，我翻阅了他们的影集。我震惊于岁月对人的相貌的改变。新婚时的他们仿佛好莱坞的影星，Marguerite 美丽清纯，Gene 高大英俊，像极了格利高里·派克。50 年之后，他们已是满脸的沧桑。然而，岁月可以改变人的外貌，却改变不了夫妻间的真情。在金婚纪念的 party 上他们讲述了相识相爱的过程：一位女教师与一位年轻英俊的校长的故事。在中学这种女教师多男教师少的环境中，一位年轻英俊的校长必定是许多女教师追求的目标。Marguerite 详细讲述了她是怎样追到 Gene 的。当时我想，这种女追男的婚姻通常会使得男方不珍惜女方。然而，我想错了。Gene 用 53 年的铲雪行动告诉了我他是怎样珍惜他的夫人的。他用他的汗水，他的爱铺出了一条雪中小径。它出现在最寒冷的冬季，温暖着他的爱人。那洒满雪径的，不是轻盈的雪花，而是沉甸甸的爱。我想。

2008 年 3 月 11 日

第三部分

美国往事

加州阳光依旧

（一）

2007年5月28日，多伦多一个暮春的早晨，我飞往加州湾区看望在GOOGLE工作的儿子。这一次不是去旅游，而是去照顾儿子。儿子在3年前玩ROLLER SKATE摔伤了膝盖，医生诊断是韧带断裂，需要做手术换掉两根韧带。我的这个儿子从小顽皮，多次受伤。9岁的时候，我骑自行车带他，他跳上跳下不老老实实坐好，掉下来摔断了胳膊。十四五岁的时候，在新加坡踢足球，一脚踢到树根上，导致两根脚趾骨折。在滑铁卢大学读一年级的时候，与同学在宿舍楼道里玩棒球，眼睛被棒球打伤，打碎了下眼眶骨，后来换了一块人工的。

儿子从小到大，真没让我少操心。但看着儿子从一个小顽童变成一个翩翩美少年，又成为青年才俊。在学校成绩优秀，在工作中表现突出，还懂得孝顺父母，心里真高兴。他参加工作一年半。在GOOGLE工作后的第一个圣诞节，送给父母的圣诞礼物是一辆崭新的LEXUS，第二个圣诞节的圣诞礼物是佳能单反相机。礼物不在贵贱，关键是他心里有父母。他有了收入后首先想到的是回报父母的养育之恩。他给父母买豪华车，而自己却开着一辆8000美元买来的二手车，仅这一点就让人感动。

在多伦多机场Check In时，才知道儿子给我订的是头等舱的机票。而且座位号是1A，整个飞机的第一个位置，像中大奖似的难得。在把托运的行李放到传送带上时，碰到一件有趣的事情。传送带旁有一位黑人在帮忙摆行李。一个白人青年问黑人：“Is this to America ? ” “To the States” 黑人回答。“But my luggage is going to America” 白青年坚持。“Yes，you are right，it is going to the United Status” 黑人说。“America,The States,The United States?” 白青年问。“They are the same” 黑人乐了，厚厚的嘴唇咧到了耳朵根，一口雪白的牙亮闪闪的，特别有卡通效果。非常喜欢黑人这种憨憨的笑，透着简单的快乐。那白人青年犹豫着把他的行李放到了传送带上，那黑人摇着头说“Confusions ? Same country with three different names，too complicated” 。我真不知道那位白人青年来自何处，也有着我初次登上北美大陆时的困惑。

过安检时又遇上了情况，我随身携带的小背包出了问题，被安检人员反复扫描，又叫来了supervisor。他们一脸严肃地要打开我的背包检查。打开后，他们笑了，“Sweet potatos，I like it!（红薯，我喜欢！）”一分钟以前他们还以为是什么新式恐怖袭击武器呢。我也笑了，我们的笑容都像红薯一样甜。

就这样情节迭出地上了飞机。美滋滋地坐在机舱的第一号位置，环顾四周，看来看去也看不出这头等舱里有几个人像大亨。坐在我旁边的是一位上了年纪的老太太，她家住旧金山，一路上专心读一本小说。我坐在那里胡思乱想，想起了前几次访问加州的往事。

（二）

第一次踏上加州是1987年4月。我被单位公派到Monterey

的一家 ProLog 公司参加一个为期一个月的 STD 总线的短期培训。我们一行 5 人（四男一女）从北京出发，途径香港、西雅图、旧金山转机。我们在旧金山搭上了一架只有两排座位像个小巴士一样的小飞机。只有一个空姐为 20 几个人服务。她长得很漂亮，但脸上涂得五颜六色的，记得眼皮是绿色的，头发是红色的，嘴唇鲜红。第一次看到这样一张鲜艳的面孔，觉得好新奇，移民加拿大后看惯了西方的光怪陆离，连多伦多的同性恋大游行也不觉新鲜了。

飞机徐徐降落在 Monterey 机场。走出飞机，阳光明亮得炫目。坐在公司接我们的一辆 minivan 上，沿途的景致样样新鲜：蔚蓝的天空、悠悠的白云、清新的空气、碧绿的树木、鲜艳的花草、形状不同的浅颜色的小房子、一尘不染的街道、美丽纯净得像童话世界。下车后，我的第一个举动是摸摸路边花草的叶子，看它们是不是真的。离开北京时，那里正是飞沙漫天的季节，花草树木都蒙着一层沙土。看惯了灰蒙蒙的天、灰蒙蒙的地、灰蒙蒙的太阳、灰蒙蒙的树木，Monterey 的一切都干净得不真实，鲜亮得像刚刚洗过似的。

公司给我们安排住在一间叫作 Lone Oak 的 Lodge。由于我们没有按时到达，Long Oak 暂时没有空房，我就被安排在公司员工 Steve 的家里。Steve 的太太是个台湾人，姓王。夫妇俩有一个 20 个月大的女儿，名叫 Christina。王小姐肚里还怀着另一个孩子。他们的家是一幢独立的 bungalow，有 3 间卧室。屋里铺着厚厚的地毯，脚踩在上面软软的。从此后我便爱上了地毯，以至我后来买的房子都要有厚厚的地毯。

Steve 不爱说话，王小姐英文马马虎虎。她同女儿讲台湾腔，

◎ 作者（左一）与王小姐、Steve 夫妇一家

Steve 同女儿讲英文，而那个小姑娘是什么话都不会讲。夫妇俩担心女儿有什么问题，去看医生，当医生得知他们夫妇用不同的语言与女儿交流时，告诉他们，小姑娘“Confusion”了，不用担心，她不讲话则已，一讲话就是“bilingual（双语）”。王小姐要 Christina 叫我“Pretty 阿姨”（又是 bilingual），那孩子当然是什么都不会说，我心里却美滋滋的。转眼 20 多年过去了，Christina 一定长成一个 Pretty girl 了，而我已不再 Pretty 了。

王小姐做全职太太，Steve 在培训我们的那家公司上班。他们拥有两辆小轿车，这让我感慨不已。当时我只拥有两辆破旧的自行车，我想，我大概这辈子也不会拥有一辆私家车。没想到 12 年后我也拥有了两辆车。

每天早晨，当 Steve 离家上班时，夫妇俩总要在门前吻别。

我看着怪怪的。真不知道这对平时连谈话都很少的中西夫妇之间有多少爱。

新奇与兴奋再加上时差，我躺在软软的床上久久不能入睡，感觉上刚刚睡着，却被一阵机器的轰鸣声惊醒。掀开窗帘，窗外已是明丽的四月的早晨，耀眼的春日的阳光明晃晃地急不可耐地钻进我的卧室，笑眯眯地向我这远方的客人道早安。Steve 披着阳光在剪草，机器轰鸣声来自那里。从此，每当我听见剪草机轰鸣的声音，就想起了 Steve，这个高高大大沉默寡言的褐发蓝眼的 30 多岁的男人就成了我心目中北美居家男人的形象代表。无论在哪个年龄阶段，人生经历中对人对事物的第一印象都是难忘的。

起床后我信步在王小姐家四周溜达。迎面看见一个黑人妇女，她说"Good Morning "，我扭头四下张望，周围没有别人，她跟谁讲话呢？再定睛看那黑人妇女，明明是对着我微笑。我竟然不知如何应对，以为她认错人了。这样的情景相信每一个初到北美的人都会遇到。

（三）

在王小姐家住了 3 天后，我住进了 Lone Oak。这实际上是一间 motel，一排屋子呈扇形面向公路，中间一棵孤独的橡树枝叶繁茂。该 motel 就用此橡树作 logo。由于我们单位派出的人只有我一位女性，所以我幸运地独自一人住一间带有卫生间的房间。其他四个男同事居然挤住在一间屋里。那间屋有一个厨房，我们 5 人在那里解决吃饭问题。

当时我们真是穷啊，我每月的薪水 100 多人民币，折合美金不到 30 元。美国人发给我们的每人每日 35 元美金的饭费承载着我们家庭的企盼，我们家里的电视机或录像机或电冰箱或洗衣机就指着它了。为了能从牙缝里省出购买这些当时在国内被称为四大件中的一大件的钱，我们每人每天的饭费开销实际上不到5美金。早餐是白面包加牛奶，午餐也是白面包，晚餐十有八九是鸡腿，因为鸡腿最便宜。一次公司带我们去参观一家工厂，来回一整天的行程。在加油站加油时，陪同我们的美国人及培训班的3个台湾人每人买了一瓶可乐，而我们几个中国来的没有一个人舍得花一块美金去买一瓶饮料。我嘴巴干得要命，却只能把头转向窗外，不去注意喝可乐的人。窗外的美景也实在是迷人。碧绿的牧草一望无际（后几次赴加州时只能看到黄黄的牧草），风吹过草面居然荡起一片草浪的涟漪，像软软的绸缎，又像湖面，闪着粼粼的波光。间或有几棵巨大的橡树，浓荫在嫩草上投下一片深绿。在哪里见过这样绝美的风景？对了，是油画。油画般美丽的风景是消渴剂，只顾看风景，便忘了口渴。

一次我们在超市买食物时，一位50多岁的华人妇女好奇地问我来自何处，当我告知她我们来自北京时，她居然无比热情，要我留下住址电话，她说她来自新加坡，姓刘，住得离我们很近。她又说，她从50年代起就住在这里，这里有不少华人，但来自大陆的很少。她说她会来看望我们。果然，好像是当天晚上她就来看我。由于我是这个20多人的培训班的唯一的一位女性，刘太太每次都是径直来到我的房间，每次来都带来许多饮料和水果。我把它们分给我的队友们。她大概是可怜我这个来自大陆的穷女子，虽然她是一位在餐馆打工的寡妇，也比我富裕得多。

在加州的一个月，除了吃饭之外，我记得我没有在商店里花过一分钱。每次逛商店都是看一看。买过两次东西，都是在跳蚤

◎ 培训班全体成员及 Pro-log 公司总裁 Ed Lee（右七）。中间是作者，（右六）是周明德

市场。一次是花 4 美元从一个非常优雅的女人那里买来一条崭新的尚未开封的床单，一直用到今天，现在它正在洗衣机里呢。又一次是花十美元买了一件二手的大衣，大约那个大衣的主人非常胖，我穿上后还可以再装一个我。

培训班中除了 3 位来自台湾外，其他十几个人都来自大陆。那三个台湾人周末不是旧金山就是洛杉矶，吃饭进餐馆，出入有汽车。而我们来自大陆的这些穷哥们儿，每人一辆自行车（公司给我们租的），每天早上浩浩荡荡地出门，晚上浩浩荡荡地回来，成了 Monterey 的一道独特的风景，常引来路人好奇的目光。一次，我们的领队老何，一位忠厚的兄长，下坡时不慎摔倒，腿上擦破了点皮，公司不敢怠慢，带他去看医生（我们是上了医疗保险的），那医生又是拍 X 光，又是量血压，折腾了好几个小时，花了五六百美金，老何心疼得不得了，他说，上点红药水就可以了，

◎ Monterey 市政大厅

那几百美金给我，我可以买一台大电视。

我们的东道主知道我们穷，买不起新东西，所以一次他们把我们带到一个巨大的旧货市场，我惊奇地发现那个市场居然用中文标记。再细看那些在旧衣服堆里埋首翻找的人，大多是黑头发的亚洲人，不用说，一定是大陆同胞。记得不久后读了一篇刘亚洲的访美文章，他也提到同样的现象。20 年沧桑巨变，昔日埋首翻找旧衣服的大陆同胞，现在在海外出手阔绰，时装豪宅靓车，富得让人惊异。我想，如果我再次去 Monterey 培训，东道主一定会带我去逛时装店。

（四）

Monterrey 是一个美丽的花园城市，在旧金山以南，洛杉矶以北，是美国著名的风景区。它北面的 Pacific Grove，南面的 Carmel、Big Sur，西面的 Pebble beach，以及位于 Monterey Bay 的 17 Mile 海景区都是闻名遐迩的旅游胜地。

平心而论，东道主待我们不薄。每个周末都安排旅游项目。我们游览了旧金山的金门桥、渔人码头，Big Sur，Carmel，Pacific Grove，Pebble Beach，Monterey Bay 的 17Mile 海景区以及著名的 Hearst Castle 和 Monterey 水族馆。每到一处，我们一行人也成了游人眼中独特的风景。因为只有我们是西装革履的看风景，而别人大多是 T 恤衫、牛仔裤。我们身上的行头是出国前用单位发的 400 元置装费购置的。那时的西装做工粗糙，不是领子不平整，就是后摆抽抽儿着。把这群知识分子装扮得土得掉渣。

最糟的是我还晕车，当汽车行驶在一号滨海公路上时，沿途

◎ Monterey Bay 美丽的四月天

的景色美得摄人魂魄，而我却晕得死去活来。当时也不觉得有多大遗憾，大概觉得还是有机会再来的。

那次访问最大的遗憾是没有吃上麦当劳。我们从来不舍得进饭馆吃饭。公司宴请过我们几次，都是在中餐馆。我问王小姐，公司为什么不请我们吃美国餐？王小姐说，美国餐不好吃，他们带你们吃中餐，是他们自己也想打牙祭。回国后，当我先生得知我去了一趟美国居然没有吃过麦当劳时，很是为我遗憾，他说，你白去了一趟美国。而现在，我们都怕了麦当劳，王小姐所言果然不虚。

在中餐馆都吃了些什么早都忘记了。但两次公司举行的 party 却记忆犹新。一次是在 beach，吃的东西很随便，但 party 结束时，公司的总裁 Ed Lee 拎着一个大塑料袋满海滩收垃圾的行动却让我颇为感动。Monterey 的一尘不染来自这些爱护环境的人们。祖国啊，当你的每一个公民也都具有这种意识时，你美丽的容颜便不会再蒙尘。

另一次是在 Ed Lee 家。他家的豪宅坐落于一座小山的半山坡上。整座山就是他家的后院。家里有马厩，养着两匹壮硕的马。有一条狗。他的夫人亲切和善。她要我与她一起去遛狗。走在山路上，她一再嘱咐我不要碰路边的野草，因为有一种毒藤很可怕。三年前我多伦多家的院子里也长了这种可怕的植物，我不知利害地企图拔掉它们，结果烧到手和胳膊，奇痒无比，而且抓破后窜到胸前肚子上，中西医兼治，半个多月才好。那时想起了 Lee 太太的话，可惜没有认真对待。在 Ed Lee 家的 party 上，一位女士用西瓜做的水果拼盘让我永世难忘。她把西瓜雕刻成一个花篮，这个花篮有着锯齿状的边，提手边插着一朵玫瑰，里面是五颜六色的水果，这哪里是拼盘，俨然一件杰出的艺术品。

一个月的培训很快就结束了。我们带着美好的印象离开美国回国。那时国内的确很落后，在深圳等飞往北京的机票就等了三四天。深圳湿热的天气，嘈杂的环境，与 Monterey 有着天壤之别，我们仿佛从童话世界回到了现实世界。百无聊赖之际，我们到深圳的海边看海，污污的泛黄的海水夹带着腥味和污染物的怪味弥漫在四周，与 Monterey 碧蓝的海水形成巨大的反差。环顾四周，连一只海鸟都没有。想起了 Monterey 海面上翱翔的海鸟，水中清晰可见的海星、海蜇、海贝，沙滩上成百上千的海豹海狮，我的一个同事感慨地说“动物也爱自由世界”。

（五）

19 年的日子不知不觉就从指缝间溜过去了。一晃儿子都已经长大成人，好像上帝安排好似的，居然到我心目中的人间天堂——加州湾区工作了。成了一名 Googler。儿子到加州的第二年，也就是 2006 年 9 月，我与老公到加州探望儿子。我与老公都爱旅游，从儿子 3 岁起，年年都要外出游玩。每次旅游都很累，从规划行程，订机票，定旅馆，租车，到实际旅行时的迷路、问路、开车、加油、吃喝拉撒真是玩得不轻松。而这一次却是我一生中最快乐、最省心、最轻松的旅游。

从我们走出旧金山机场开始，我们就把自己交给了儿子，一切听从他的安排。儿子是一个计划性很强的人，每天到什么地方玩儿、在哪里吃饭、在哪里住，全安排得周到细致。

旧金山，19 年前我只能向你投去匆匆的惊鸿一瞥，如今我却可以全身心地投入你童话般的世界。我与儿子一起乘坐古老的电

◎ 旧金山金门大桥

街车，把不再年轻的身子悬挂在电车外；在渔人码头吃螃蟹，喝盛在面包做成的碗里的汤，享受喝汤时把汤碗一起吃掉的趣味；在金门大桥上徜徉，左手揽儿右手挽夫，把头仰得高高的，让加州九月的秋阳抚摸我的面颊；乘船环绕死囚岛，听儿子讲小岛的历史和故事，以复杂的心情感受岛上囚徒的困境；登上 Precidio of San Fransico，抱紧双臂，领略马克·吐温所讲的旧金山的“夏日里的冬天”；在世界上最弯曲的九曲花街（Crooked Street）上流连忘返，产生了住在花丛中做花痴的梦想。恰巧看见花街上有挂牌求售的排屋，儿子打电话给中介，小小的 1000 方尺左右的房子要价 154 万美金，吐吐舌头，摇摇头，把梦丢到脑后。

洛杉矶，19 年前我无缘与你相见，在儿子的精心安排下，我与你有了一次浪漫的约会。我看到了造梦工厂好莱坞的真实面貌；领略了比弗利山庄的豪华气派；品尝了日本以外最美味的日本餐；参观了藏品丰富的博物馆；最意外的是，居然做梦似的在观看“Medieval Times” 的表演时被一位骑白马穿红衣的金发王子选中，成了“Queen of Love and Beauty” 。今天，当我手捧自己头戴王冠身披绶带与白马王子拍的合影时，又一次为儿子的煞费苦心而感动。为了让老妈高兴，儿子不知花了多少心思。

圣地亚哥，这座美丽的坐落在美墨边境的城市，给我带来了另一种惊喜。我领略了你无与伦比的海洋公园，鲸鱼与海豚的表演让老人与稚童同乐；登上巨大的航母，听老兵讲述飞机和航母的故事，想象着这海上巨人搏击风浪遨游世界的雄姿，又一次为人类伟大的壮举所震撼。

蒂华纳，这座与圣地爱哥隔河相望的墨西哥边境城市，你让我想起了 20 世纪 80 年代初的深圳。一样凌乱的街道，一样琳琅满目的商店，不一样的是经商的人的人生态度。国人以挣钱为重，老墨以享受生活为重。

圣莫尼卡，一座美丽的小城，你旖旎的夜色令人沉醉。那条夜色中梦一样朦胧的步行街哟，夜是你的妩媚的面纱，柔和的晚风是你甜美的气息，不冷不热不干不湿的气温是你怡人的体温，你的一切都柔美舒适得令人陶醉。我们一家三口牵着手在人群中闲逛，无论是看街头艺人的杂耍表演，还是漫无目的地在街上游荡，都是享受。心中溢得满满的尽是幸福。

赫斯特城堡，我又一次领略了你的奢华壮丽。19 年前，你让我震撼。19 年后，我对你的主人的这种挥金如土的奢华多了一份思考。

斯坦福大学，世界著名的学府，你的朴素让我印象深刻。你以培养出的人才而不是堂皇的校舍闻名于世。这才是真正的大学，让人景仰。我多想让我的儿子也能走进你的怀抱，没想到美梦又一次成真。儿子在 2014 年以全 A 的成绩获得了你颁发的计算机科学硕士学位，让我这个做母亲的深深地为此骄傲。

Google，论年龄，你只是童稚少年郎，但你却让世界瞩目。我为儿子能为你工作而骄傲。你独特的企业文化使你成为全世界最受员工喜爱的公司；你举世无双的员工食堂里的美味让我想起来就垂涎三尺。

Carmel，Big Sur，Pacific Grove，Pebble beach 以及 Monterey Bay 的 17 Mile，你们美丽依旧。你们无比湛蓝的天、无比美丽的白云、无比清澈的海水又一次让我销魂。这一次，我再也不会晕车，我可以在我想要停留的地方停留，想要流连的地方流连。尽情地享受海风的吹拂，阳光的抚爱；尽兴地观看太平洋的万顷波涛，倾听惊涛拍岸海鸟悲鸣；感受“落霞与孤鹜齐飞，秋水共长天一色”的壮丽景观。

◎ Big Sur

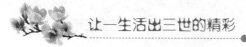

Monterey，阔别19年了。19年前，你像一位美丽的少女，花仙子般让我惊艳。19年后，你又是什么模样呢？你不是我的恋人，你也不是我的故乡，但当车子接近你时，心情为什么那么急切，还有几分忐忑。到了，到Monterey了，天还是那样蓝，云还是那样白，阳光还是那样灿烂，房子、树木、街道还是那样洁净，那样一尘不染。街道还是那几条，房子也没增添多少。一切都与记忆中的差不多。啊，儿子在一间Motel前停了车，嘱咐我留在车里，他与Reception里的人说了些什么，就让我下车，不由分说径直把我带进了一间客房。奇怪，为什么一切这么熟悉，连靠窗的桌子也像是见过的，望向窗外，当院一棵巨大的橡树，橡树上钉着一个木牌，上面写着“Lone Oak Lodge ”。啊，儿子把我带到19年前我居住过的客房里了。这太让我惊喜，太让我意外了。我环顾四周，一切都没有变，时间仿佛在这里凝固了。19年了，世界发生了多少变化啊，中国发生了多少变化啊。我每次回国，回到原来生活过的城市，常常找不到自己住过的地方。而Meterey，居然没有什么变化。我一时感慨万千。难道这就是“developed country”与“developping country”的区别吗？作为一个渺小的个人，我是应该选择一成不变的舒适生活还是应该投身到沧桑巨变的历史进程中呢？面对着这个19年前我无比向往的城市，我困惑了。

西行漫记

一、老朋友 Jane

受老朋友 Jane 之邀，漫游了一趟美国西部。西部的奇异风景给我留下了深刻的印象。风景美，友情更美。与 Jane21 年的交往，是此次西行的序曲，也是一支深情的友谊之歌。

那是 1986 年，Jane 作为美国一个教育访华团的一员，参观访问我工作的单位。领导指派我做接待工作。那时我的英语别提多臭了，也就是一个一个往外蹦单词的水平。一紧张，连单词也蹦不出来了。褐发碧眼的 Jane 温婉的笑容，以及那碧蓝的眼睛里流露出的真诚渴望交流的眼神，消除了我的紧张，鼓起了我与她说话的勇气。那真诚的目光，在两个不同国度，不同种族的女人之间架起了一座友谊的桥梁。这跨国度跨种族的友谊是这样纯真，像两个少女的友情，没有任何杂质；是这样绵长，延续了 21 年，还将继续延续下去；是这样温馨，每当想起她，心里就暖暖的。

次年我被公派到美国加州学习一个月，她嘱咐我一定要告知她我的住处。几天以后，当我回到我所居住的 MOTEL 的小房间时，发现靠窗的小圆桌上摆着一个花篮，花篮上别着一个卡片，卡片上写着："欢迎你，我的朋友，愿你有一次愉快的美国之旅，Jane。"说实话，这是我平生第一次收到鲜花，它不是来自我熟悉的至亲好友，而是来自一位半陌生的外国人，来自几千千米之外的芝加哥。那份惊喜，那份感动，至今记忆犹新。

21 年发生了多少事啊。我和我的全家先新加坡后加拿大，搬了 7 次家换了 3 个国家。但不论走到哪里，Jane 的圣诞贺卡总能准确无误地寄到。有好多次我都认为关系要断了，但无论我是否回信，第二年我还是能准时收到她的贺卡。这真让我好感动。想想漂泊的生活，动荡的岁月磨蚀了多少友情，原来肝胆相照，信誓旦旦的朋友都断了联系，而一个萍水相逢的外国人却执着于一份友情。那种所谓老外人情淡的说法在 Jane 这里不成立。

Jane 和她的先生 Roger 毕业于美国名校。夫妇二人学识渊博，兴趣广泛。Jane 退休前在芝加哥一所高中任数学教师。她酷爱东方艺术，所以退休后在华盛顿的一家博物馆的东方艺术馆做义务导游。Roger 更是一位无所不通无所不懂的饱学之士。Roger 家的姓是 RAINVILLE，翻译成中文就是“雨村”。阅读雨村家的圣诞贺卡仿佛阅读美国政府的年终报告。国际国内大事都要讲到。讲完了国内外大事，就报告家事，儿子女儿狗儿，一个也不落掉。从夹在圣诞卡中长长的年终报告中，我知道了雨村家的每一个成员（包括狗）的故事。女儿获得了考古学博士，在弗吉尼亚一所大学任教。去埃及挖坟墓得了伤寒，差点丢了性命。女婿是一位出色的计算机专家，他在 SQL 方面的专长受到了 GOOGLE 的瞩目，他却拒绝了 GOOGLE 提供的高薪职位，因为他爱他的妻子，爱弗吉尼亚的田园牧歌。他出生在农家。他兄弟四人都没有进过中小学，父母在忙着农活的同时，教育出了四个出色的孩子。我感慨，又一对居里夫妇！

圣诞卡传递着友情，传递着关切。而一次又一次的互访又加深了友情，加深了了解。

Jane 第一次访问我在北京的家我是当作政治任务来完成的。当时我家与另一家合住一套有着两个卧室的单元房。那是一种俗称为耳朵房的单元。两家各占一间卧室，共用厨房、门厅和厕所。我家的卧室大约 15 平方米左右。厨房 5 平方米，厕所 2 平方米，门厅也是 5 平方米左右。到加拿大后才知道，这样的居住条件连这里的贫民窟都不如。Jane 要参观的就是这样的家。我的领导借给我一块地毯，现在想起来大概也就是 6 英尺 ×8 英尺那么大，铺在我那被床、大衣柜、写字台、书橱及一个家所有的杂物挤满了的且兼做起居室、家庭活动室、餐室的房间里仅有的一块空地上却太大了，不得不把一边卷起来【当我把我现在居住的一幢三层（包括地下室）独立 house 塞满了的时候，我不知道当时是怎样在那样一间屋子里生活八年的】。这卷起的一边昭示着这块地毯不属于这个家，越发彰显出这个家的拥挤与寒酸。当 Jane 打量地毯的时候，我羞愧得无地自容，不是为了家的寒酸，而是为了这粉饰寒酸的行为。Jane 大概看出了我的心情，她说："我喜欢地毯。"多么善解人意！这就是说她领我这份粉饰的情。我用包饺子来招待 Jane。由于厨房太小，我们是在卧室里包饺子的。房间太拥挤了，包好的饺子只好放在床上（Jane 至今还清晰地记得我家床的多种用途）。Jane 饶有兴致地学着包饺子，并包出了她一生包出的第一个饺子。我与先生用蹩脚的英语与 Jane 交谈着，我们居然谈笑甚欢。由此我就更相信缘分。与有缘分的人在一起，语言不通也不是大障碍。与没有缘分的人在一起，没有语言障碍也会话不投机半句多。Jane 对饺子的滋味赞不绝口，当然这里面也有礼貌的成分。Jane 对我北京的家一定是印象极为深刻。这就是为什么她在得知我在多伦多买了一幢半独立的 house 时，就急急地要来看看。

那是1999年的复活节，我刚刚搬进新居不久。Jane和Roger带着他们的两条狗造访了我的新家。总面积2000多方尺的半独立house在北美是中下水平，但与我在北京的居住条件却有着天壤之别。夫妇二人在我家住了两天三夜。他们来之前我曾担心他们会不自在。来之后我才知道这纯粹是多虑。Roger是一位极为善谈的人。他绝对不会让屋子静下来。他的渊博，他的幽默——表情兼语言，使我们的相处没有冷场的时候。总有说不完的话题。先生及儿子和我都是兴趣广泛的人，但我和先生的英语有限，他谈的许多话题都半懂不懂的。好在他也不要我们搭话，只要听着就行。儿子却可以和他深谈。他和儿子争论世界上最高的建筑是哪些，为此他回去后给儿子寄来了许多剪报。

Jane回去后给我来了一封信，她在信中说她把我们的故事讲给她的朋友听。她为我们一家感到骄傲，我们用自己的努力改变了生活。

在她的邀请下，我们一家回访了她在芝加哥的家。后来，她退休了，举家迁到了华盛顿。她在COLORADO（科罗拉多州）有一个COTTAGE（度假别墅），每年夏季，他们全家到那里度假，她邀请我们去她的乡间度假屋小住。于是，就有了这一次的西部之旅。

二、丹佛

此次西行的起点是科罗拉多州的首府丹佛。我们在那里下飞机后租了一辆雪佛兰。开到丹佛市中心时已是下午3点多了。到晚上8点多离开丹佛，连吃饭带玩，也就五个多小时。所以丹佛印象只能是浮光掠影的一鳞半爪。

丹佛的步行街很有特色。露天酒吧里神态轻松的饮者与脚步悠闲的路人告诉我们这里聚集着度假的游人。

他们或者将要从这里开始西部之旅，或者刚刚结束了难忘的西部之旅。对于前者，丹佛是一段行程的起点。对于后者，丹佛是一段旅程的终点。前者的兴奋和后者的满足，在这条街道上铺撒开来，使得它在夕阳的余晖下喜气洋洋。我们漫步在这条不长的街道上，从头走到尾，或者说从尾走到头，心中充满了兴奋的期待。

走完了步行街，问路人，哪些景点还值得看看，路人遥指不远处的一个有着高耸的尖顶的建筑，告知我们那就是丹佛市政厅，值得一看。我们便毫不费力地来到丹佛市政厅。

◎ 丹佛步行街

◎ 丹佛市政厅

对丹佛这样一个小城来说，这个市政中心的大气确实让人吃惊。宏伟的建筑铺排在美丽的花园四周。它们的庄严、隆重为丹佛增色不少，让人不敢小瞧这座通向西部的咽喉。

丹佛的艺术馆也很特别，可惜我们急着赶路，没有时间去看看它的馆藏。

三、在路上

在丹佛匆匆用过晚餐，我们就正式奔上了西行之路。离开丹佛，有点西出阳关的感觉。尽管我们知道这趟旅游是从繁华走向荒凉的旅程，但没想到才出丹佛市，就一头钻近了大山。天渐渐黑了下来，高速公路在大山中穿梭。四周是黑幽幽的山，视线中只有车灯映照出的一段弯曲的路面。路面的弯度越来越急，先生视力不好却好开快车，吓得我直冒冷汗。在我的坚持下，他终于同意找个旅店住下来。于是，我们在离丹佛50英里左右的一个叫作IDAHO SPRING的山沟里找了一家MOTEL住了下来。MOTEL价钱不贵，打理得很干净。一觉醒来，已是艳阳高照。出门一看，却见一条小河欢唱着从门前流过，河水潺潺，绿树婆娑。空气清新得沁人肺腑。抬眼四望，才发现这是群山环抱的一个小峡谷。我们就这么不知不觉地从繁华走向宁静，投入了大自然的怀抱。我特别相信人是自然之子的说法，在大自然的怀抱中，只觉得神清气爽，心旷神怡。

迎着山中明丽的阳光，伴着一路欢歌的小河，我们上路了。沿着崎岖的高速公路，我们穿过了一座又一座山。我们的目的地是位于丹佛西南的OURAY，Jane的乡间别墅就在那里。这一段大约六个小时的行程景色变化万千。有些山区植被茂密，松林覆盖着山坡，白云在山间环绕，山脚下芳草萋萋。山上的岩石也很奇特，同一座山，有的岩石是红色，有的是灰色，还有的是白色。

钻出一座宛若瑞士风光的青山，忽然眼前的景色变得柔和起来，矮小的灌木丛取代了高大的针叶林，灰绿取代深绿形成了主色调。黄中泛绿，灰中泛黄的草色唤起我心中的怜悯之情，怜悯这干旱地区的植物之生存不易。它们要在极为短暂的雨季完成生命的全过程，又要在漫长的旱季中装点这布满沙石的贫瘠的土地，用它们的生命温柔一片粗糙。

越往西开，景色越荒凉。视野所及之处，只有我们的这辆车在行驶。路两边都是戈壁，甚至连一棵树都没有。几百里路看不见一座建筑。然而，在这么荒凉的地方，却有一道亮丽的风景，她们是一种叫作“黑眼睛的苏珊”的植物，她们阳光般灿烂的花朵摇曳在荒原里的公路旁，为这荒漠增添了勃勃生机。她们顽强的生命令人感动，让我这疲惫的旅人精神为之一振。

四、荒漠中的桃花源 OURAY

西辞 IDAHO SPRING，一路上景色越来越荒凉。大约四五个小时后，我们到达 70 号高速公路上的一个叫作 CLIFTON 的小城，从这里转南上 50 号高速公路。将要到达 MONTROSE 时，荒漠渐渐退去，视野里多了一些绿色。随着绿色越来越浓，山坡草地上出现了摇着尾巴吃草的牛儿。钻进迎面而来的山中，峰回路转，景色迥然。只见山青青，水碧碧，芳草萋萋，白云悠悠，宛如入桃花源中。很难想象百里之外就是荒漠。

由于出发前 Jane 发给我们一份详细的行程路线，我们基本上没有走一点弯路就到达了她的 COTTAGE。自然是她的狗儿首先发现了我们，狂吠（按 Jane 的说法是 GREETING）着欢迎我们的到来。Jane 欢呼着张开臂膀迎接我们这远道而来的客人。9 年未见，Jane 并没有太大变化，脸颊红润，笑靥如花，喜悦在碧蓝的眼睛中洋溢。正当她忙不迭地接待我们时，一位不请自到的客人出现在邻家的花园里。“Look，Deer”，Jane 兴奋地指着窗外。我们往窗外望去，只见一只小鹿在邻家门前悠闲地吃草，那份安然，那份放心，仿佛像圈养的宠物。之后我们便时时看见鹿儿在房前屋后转悠，好个悠闲自在，“胜似闲庭信步”！

Jane 的 COTTAGE 不大，却十分舒适。一条小溪从窗前流过，溪水潺潺。从我们住的卧室的窗中望出去，一座青峰直入云霄。Jane 和 Roger 都十分骄傲于他们的 COTTAGE 四周的景色，有山有水，不用出门，仰头俯首间便可见青山绿水。Jane 告诉我，

◎ 鹿儿在房前屋后出现

五六月间仍可见山峰上的皑皑白雪。现在已经融化了。由此我想到了“窗含西岭千秋雪，门泊东吴万里船”的诗句。看来无论东方西方，人们对环境美的感觉是共同的。

从 Jane 的介绍里，我们知道这个叫作 OURAY 的小山村，是被群山环抱的一个小峡谷，由于峡谷像个方盒子，所以又叫 BOX CANYON：

这里的山中有银矿，早期主要居民是矿工。后来银矿关闭了，只有一小段留给游人参观。我们参观后感慨，不管西方东方，矿工的日子都是暗无天日的。

矿工走了，度假的人们却来了。由于此地夏季气候凉爽，景色宜人，又有天然温泉，许多大城市的有钱人便在这里购买度假别墅，致使地产飙升。Jane 家的小木屋仅地价就要超过 30 万美元。

在夏季，这里常有数千人，但在冬季，只有800多人。Jane带着我们到四周转转，各家各户的狗都大声的GREETING。Jane叫得出每一条狗的名字。小镇上人情暖暖的。当我被一间可爱的小别墅所吸引，问Jane可不可以拍照时，Jane说，别墅的主人是她的朋友，男主人名叫Larry，女主人名叫Babara。正说着，坐在花园里的Larry和Babara便走上来热情地招呼我们。当他们知道我想拍照时，Larry更把我带到屋里，让我里里外外拍个够。

拍完了照，他们要我们与他们一起在花园里喝茶，Babara并端上刚刚做好的蛋糕款待我们。我们边吃边聊，这时，一个头发金黄的可爱的小男孩推开门来到花园，他大概四五岁的样子，典型的金发碧眼，奶白色的皮肤，活像个芭比娃娃。他是Larry和Babara的小孙孙。就是这样一个娃娃，一张口，却像个外交官。他绷着小脸，神情严肃地说："I think I need two things. I think Bill needs two things as well。"他说话的口气和表情把我们都逗乐了。

离开这可爱的小别墅，可亲的老老少少之后，我们在路上碰上了小男孩的妈妈，一位美丽优雅的少妇，Jane介绍说她是一位作家。她说她正在写一本叫作《Unforgettable West》的小说。Jane似乎认识镇上的每一个人。忙着和遇见的人们打招呼，忙着把我们介绍给遇见的人。我发现，我们是这小镇上唯一的有色人种。而这小镇上人们悠闲的生活，邻里之间的亲亲热热，以及环境的幽闭秀美，俨然一个西方桃花源。中国的桃花源中人是为避战乱，西方的桃花源中人是为避繁华。这两种桃花源中人有着本质的不同，前者是无奈，后者是自愿，因而后者也就达到了陶渊明的境界——心不为形役，选择心驰神往的地方居住在这里，他们离繁华远了，却离人性、人情更近了。我想这实际上是人的真

© Lorry and Barbara

正需求的回归。在满足了物质文明之后，人的心所向往的是大自然的怀抱，是人与人之间的亲近。我期盼着也许有一天，中国人将不再涌向大城市，而是涌向小山沟，在那里找回我们曾经抛弃但却是真正值得珍惜的东西，到那时，中国就是一个真正富裕的国家了。

五、野野的西部

我们到达 OURAY 的那个周末，在离 OURAY 大约 23 英里的一个叫作 SILVERTON 的地方，一年一度的铜管乐音乐节正在火热地举行着，那是 Roger 的最爱，他每场必到，当我们到他家时他正在音乐节上疯狂哩。他回来时我们已经睡下了。第二天一大早，当我们看到他时，见他特意穿上了印有“北京”字样的 T 恤衫。

他挥舞着手臂，呼喊着“2008，Beijing Olympics” 迎向我们。他脸上带着他特有的狡黠的微笑，打开了他的话匣子。只要他一张口，他就是主角，没有人能插上话。我还清楚地记得多年前我们在他芝加哥的家里，他为我们介绍芝加哥的旅游景点。他滔滔不绝，可怜的 Jane，想要插话，Jane 说：“There is another voice”，但是 Roger 总是一摆手，说：“Wait a minute”，这“a minute”往往就是几十分钟。Jane 真是好脾气。Roger 给我们从地理学、历史学及博物学的角度介绍西部，他的话象倾泻的河流，一发就不可收。

音乐节是 Roger 的最爱，也是 Roger 和 Jane 给我们安排的重点节目。去 SILVERTON 要经过一条叫作 Million Dollars HWY 的高速公路，公路从崇山峻岭中穿过，沿途景色如画。

Jane 和 Roger 争着向我们介绍美景。红的山、绿的山、青的山搞得我们目不暇接。23 英里的行程就是一卷画卷，一幅幅画面由远而近，又由近而远，美不胜收。间或有鹿儿挡住我们的去路，仿佛有意要我们停下来好好欣赏这难得的美景。在我们的回程中，我们有七次被鹿儿阻挡。

我们在下午四五点钟的时候到达 SILVERTON，Jane 和 Roger 带我们去一家墨西哥餐厅吃晚餐。这家餐厅就像是一间小型博物馆，墙上挂满了旧物件和美国各州曾经用过的车牌。

当 Roger 在众多车牌中找到伊利诺斯州（他们居住工作了许多年的芝加哥属于伊利诺斯州）的老车牌时，他兴奋得像个孩子。他又不失时机地给我们讲述了许多与车牌有关的趣事，我们被他的渊博与风趣所吸引，听得津津有味。当我们对 Jane 说你与 Roger 生活一定不会感到乏味时，Jane 却说，如果你听同一个故

◎ Jane 家附近的风景

事超过二十遍时，还会听得津津有味吗？

七点多钟的时候，我们来到了开音乐会的场所。那是在一片绿地上临时搭建的一个大棚，能容纳一两千人。由于是免费的，所以座无虚席。要不是在我们吃饭前 Roger 提前来占座，我们只好站着听了。

音乐会名叫“WILD WEST”，据说演奏者来自美国各地，许多都是名家。他们喜欢西部，所以每年都来西部义演。音乐会受欢迎的程度令人吃惊。除了铜管乐，还有著名西部电影的片段搬演。场上气氛热烈。我发现，我和先生是这场音乐会的唯一的有色人种。Roger 特别叮嘱我们，如果有人问我们来自哪里，不要说来自多伦多，就说来自北京，而且还要说“2008，Beijing Olympics”，并且要用 Roger 式的手势——双手握拳，有力地挥动。我因此更为北京举办2008年奥运会深感骄傲。它告诉全世界，我们的祖国强大起来了，骄傲的美国人也不得不刮目相看！

听完音乐会，回到Jane的家已过11点。Roger把我们拉到他家后院小溪的小桥上，要我们看星星。只见满天繁星，密密匝匝，在山谷间的夜空中闪闪烁烁。多久没有见到如此璀璨的星空了！城市的灯光黯淡了星光，听奶奶讲牛郎织女的故事的夜空与奶奶一起远去了。不期然，在这里又见到了，一时间竟有隔世之感！由此我就更理解了Roger和Jane何以如此热爱这个山沟里的小村庄。我也爱上它了，舍不得走了。

Roger又一次展现了他的渊博，他原来还是一位天文学家。听他在那里边指着一颗又一颗星星，边讲它们的名字及位置以及不同月份里位置的变化，我是一头雾水。除了银河，北斗七星，及牛郎织女星、金星外，我什么星都找不到，先生比我强一点，但离Roger的水平差得远着呢。而Roger是不管你懂不懂，他只管不停地说。就这样，我们三人仰着头找星星找到半夜。夜凉如水，虽是仲夏，山中的风已略带寒意，我抱着起了不少鸡皮疙瘩的双臂，回到了屋里。小桥上，Roger还是兴味盎然地与先生在数星星。我在心里说，Roger，好一个老小孩，我愿你童心永驻。

感谢Jane和Roger完美的安排，我们有幸做了3天桃花源中人。山村的美丽宁静，雨村一家的热情周到，邻里间的温馨和睦，给我们留下了难忘的印象。Jane一再要求我们多住几天，但我们还有许多游览计划，时间又紧，只好作别。临行的前夜，Jane花了3个多小时为我们规划行程，她列出的计划详细到在哪里住店，哪里加油，哪里吃饭，居然误差不到两个小时。第二天，Jane起了个大早，一定要坚持陪我们游玩滑雪胜地Telluride。我生何幸，有这样好的朋友，跟着她比自己瞎闯要好得多，于是，我们的车跟着 Jane 的车，迎着明媚的朝阳上路了。

Jane 带着我们游玩了滑雪胜地 Telluride。中午时分，我们离开了 Telluride，Jane 把我们送上了去 Mesa Verde National Park 的路，与我们依依惜别。分别后，她的车还要在我们前面走一段，只见她不时地打尾灯提示路边的景点，从她的车的侧镜中还可以看到她在比画着手势。一阵温馨的感动袭上心头，人生难得如此周到的朋友。好朋友，你不仅陪我看到了美丽的自然风景，更让我看到了动人的人生风景，那就是真诚的友谊。亲爱的朋友，多珍重，我们还要一道看风景！

2007 年 9 月

一对美国夫妇的退休生活

我们中国人常说“莫道桑榆晚，为霞尚满天”。但是，怎样才能使桑榆之晚铺陈出满天霞光来，绝不是一件简单的事，这里面有生活理念、人生趣味、心态、修养等等许多因素在起作用。见多了养老院里目光呆滞、神情木讷的等死的老人，公园里塌腰缩背、面无表情、神态萎缩、目光空洞的老人，屋子里絮絮叨叨、满腹怨言、无所事事的老人，真的害怕某一天，我也会有这样的“桑榆晚”。直到今年四月去华盛顿探访老朋友 Jane 和 Roger Rainville 夫妇，才亲眼看到什么是霞光满天的退休生活。

Rainville 夫妇年届七旬。Jane 退休前是芝加哥一所公立高中的数学老师，退休后还兼职做数学老师及博物馆的义务导游。Roger 拥有自己的咨询公司。毕业于麻省理工学院的 Jane 和 Roger 身上没有国内理工科毕业生通常有的那种理工气，相反，他们兴趣广泛，喜爱旅游、收藏、艺术、考古。Roger 还爱天文、地理、历史、博物，政治（这好像是受父亲影响，他的父亲做过里根总统的顾问），他喜爱的东西太多了，好像凡是我提起的事情，他都有浓厚的兴趣。

走进 Rainville 的家，仿佛走进了一间博物馆，视线立马就被琳琅满目的艺术品所吸引。300 多平方米的屋子，没有一处不精致，没有一件东西是随意购置的。早就知道 Jane 酷爱艺术，尤其是印第安人的艺术和亚洲艺术，但不知道到她在这上面花了多少心思，投入了多少财力物力。及至从晚上 10 点钟踏进 Jane 的家开始，到午夜 1 点还没有看完她的所有收藏后，才明白她的藏品有多丰富。

第二天 Jane 带我们去了她做义务导游的博物馆 —— Freer Gallery of Art。此生参观过无数博物馆，第一次享受到只为我和老公讲解的高水平的导游待遇。仅仅是一只波斯的铜盆，Jane 就讲了将近半个小时。在独特的 Peacoke Room 里，她对这间 Room 的历史、墙上的绘画及房间的装饰的精彩的讲解吸引了每一个走进来的人，他们都驻足聆听她的讲解。她讲完后要带我们离去时，那些没有听到她的完整讲解的进来较晚的人还恳求她再讲一遍。在经过中国馆时，她居然给我讲解汉字的六种字体，让我汗颜。一个退休的数学教师，对非本民族的艺术品的了解达到如此精深的程度，需要付出多少时间和精力啊。难怪每次她给我的信中都说她很忙。她也会抱怨，但她抱怨的是时间不够用，绝不是生活无聊，闲得难受。

在 Jane 家短短 3 天的时间里我们天天都在上课，上艺术课。Jane 的艺术课还没上完，Roger 就把我们劫持到三楼，急不可耐地要给我们展示他的宝贝。他把我们带进他的巨大的 office，它占据了整个三楼。沿四面墙立满了一排排书架，书架上摆满了各种文件夹。书架顶端摆的是来自世界各地的可乐罐，这是 Roger 到世界各地旅游时搜集的。Roger 带着几分骄傲、几分得意、几分神秘、几分狡黠的神情把他的宝贝一样样展示给我们。这其中有来自世界各地的邮票、钱币、地图、门票、老照片、明信片还有可乐罐。末了，他打开一本精美的集邮册，里面粘着一封封信，信上的笔迹十分熟悉，啊，是我给他们夫妇的信，居然一封封保存得那样完美，白白的信封在黑色的衬纸上诉说着岁月磨灭不掉的友情。从 1986 年的第一封信开始，他慢慢地翻，每一页都印着友情的脚步。翻完了北京那一册，他打开另外一册兴奋地说，“Now，these letters were from Singapore”。原来这一册里的信都是我从新加坡寄给他们的。翻完了新加坡的，他又翻开了加拿大专辑。当他翻到最后一页时，他停住了，用略带伤感的口吻说，“This lady disappeared since then”。我好难为情，自从用惯了 Email，我便停止了给他们写信。哪里知道，Email 是无论如何也无法取代那一封封殷勤探看的白鹤的。单是看着那信封的式样，那字迹，那彩蝶般美丽的邮票，那带着年轮的邮戳就勾起人心中温馨柔曼的念旧情怀，更别说那细细柔柔的信纸上的密密墨迹所勾画出的点点心迹。感谢 Roger，你让我懂得了怎样去珍惜友情。回多伦多后，我马上寄去了一封信，信封上贴上了精心挑选的邮票。我要把友情的脚步延伸到生命的尽头。

◎ Roger 家车库里的月饼盒

在离开 Rainville 家的前一天晚上，Roger 把我们带进了他的车库，我不明白车库里有什么宝贝，但是从他的神情看得出来他的“芝麻开门”里一定有名堂。我猜想过他车库里会有些什么，也许是美国人过去用过的一些旧工具，也许是旧车牌。有旧车牌，这我猜对了，但我万万没有想到的是有一大堆中国月饼盒。我问他从哪里搞到这么多形状各异，图案丰富的月饼盒的，他告诉我是翻垃圾桶翻来的。这太让我吃惊了。我很难想象一向骄傲的 Roger 在中秋节后的某一个早晨，猫着腰，偷偷地去翻人家的垃圾桶。在行动之前，他首先要侦查哪幢房子里住着华人，然后在黎明时分悄悄走近这家人家的垃圾桶，弯下高大的身躯，满怀兴奋与期待轻轻地打开垃圾桶，找到一个，一阵惊喜；没找到，一点点失望，接着翻下一家。这哪里是一个七旬老人的行为，分明是一个小顽童的心血来潮。我心里说，老 Roger，你永远都不会老，因为你有一颗童心。

在我们离开 Rainville 家的那天早上，Jane 陪着我们走出她的家门，Roger 并没有跟出。就在我们刚刚走出他们家门口十来米时，突然从身后传来 Roger 的声音，回头一看，Roger 在家门口挥舞着一杆大旗与我们道别。这个告别场面太有趣了，遂跑回去问他，挥的是什么旗，他告诉我是他的祖上的家乡法国诺曼底的旗帜。

我急忙取出相机，把飘扬着诺曼底旗帜的 Rainville 的家摄入镜头。一路上我都在想这两个老人有趣的生活。他们的退休生活是那么丰富多彩，那么生趣盎然，那么活泼丰沛，那么令人艳羡。这让我想到了生命的广度和厚度的问题。我们都有两只脚，有些人的脚只在自己生活的地方走动，另外一些人却把脚印留在世界

◎ Jane 和 Roger 在插着诺曼底旗子的家门口

的五大洲四大洋；我们都有一双眼睛，有些人的眼睛只关注身边琐事，另外一些人却能纵观古今中外上下几千年。春夏秋冬，四季更替，有人看到的是大自然美妙无穷的万千变化，有人却抱怨冬天太冷、夏天太热。由此我相信这世界不缺乏美，缺乏的是发现美的眼睛；生活并不单调，单调的是我们的内心。只要你的内心世界足够丰富，那么，在可乐罐月饼盒上也会找到生活的趣味。

2009 年 7 月 13 日

第四部分

散文随笔

参加儿子斯坦福大学毕业典礼有感

2014 年 6 月 15 日，一个普通的日子，但是于我的儿子和我的一家都是一个终生难忘的日子。加州灿烂的阳光一如既往地照在斯坦福美丽的校园里。我和先生及儿子、儿媳还有两个孙女一早就来到了举行毕业庆典的会场。会场是个体育场，能容几万人的看台上早早地坐满了人，都是毕业生的家人及亲朋好友。每个人都很兴奋，为能参与这样的毕业典礼而兴奋着，为自己的孩子或朋友或亲戚能获得斯坦福大学的学位而兴奋着。

◎ 斯坦福毕业典礼现场

从9点多开始，毕业生们陆陆续续进场了。他们的入场方式很特别，许多人举着牌子，上面写着“Thanks Mom and Dad”。

最后进场的是最重要的人，白胡子白头发老爷爷后面是比尔盖茨，他的夫人紧随其后。

1678名本科生，2313名研究生，1006名博士生坐在主席台前。比尔·盖茨和他夫人梅琳达·盖茨双双换上了学士服，站在了演讲台上。斯坦福大学毕业典礼上首次出现两名嘉宾同台演讲的盛况。

典礼开始，校长让全体毕业生起立向后转，面向观众席，向观众席上的父母、亲属和朋友们致谢。我是第一次参加这样的典礼。在我的记忆中，在我出国前，人生的每一点进步，首先要感谢的是党和人民的培养教育，从来没有父母亲友什么事。

◎ 比尔·盖茨等嘉宾入场

毕业典礼的重头戏是盖茨夫妇的演讲。盖茨儒雅，梅琳达美丽高贵。

盖茨夫妇25分钟的演讲内容无关微软及其产品，主要集中于计算机发展是如何改变世界、盖茨夫妇的慈善事业——比尔和梅琳达·盖茨基金会（Bill & Melinda Gates Foundation）的工作、以及他们如何改变了贫困地区人们的生活。盖茨夫妇提醒学生们要正视贫困和疾病等问题，而不要一味逐利。单纯以盈利为目地的创新无法解决当今世界所面临的最紧迫的问题。他们鼓励毕业生用乐观的精神和同情心，通过切身感受贫困和患病人群的生活，并运用自己的知识和智慧，让世界变得更美好。

全校的毕业典礼结束后，毕业生们分别回到各自的系，参加学位授予典礼。那天出席典礼的来宾有几万人，斯坦福大学为每

◎ 比尔盖茨和夫人美琳达在毕业典礼上演讲

◎ 斯坦福毕业典礼全家福

一个人准备了午餐、水果、饮料、点心甚至还有香槟酒。

学位授予仪式按照学士、硕士、博士的顺序进行。每一种学位又按照 Lastname（姓氏）先后排序。儿子排得较靠后。刚好那几天儿子咳嗽。儿媳听到了他的咳嗽声，便让可爱的女儿小草莓在儿子走上台之前送一颗润喉糖给爸爸。当 3 岁半的小草莓把润喉糖递给在等候上台的队列中的爸爸时，我眼中湿润了，这是多么温馨的一幕！

颁发学位证书的场面十分热烈。每当一个毕业生接过学位证书，台下便一片欢呼，有的毕业生的啦啦队有几十人。欢呼声高扬。有一位朋友的朋友的儿子毕业，他的家人及亲友一行十几甚至 20 人横跨美国从东海岸的北卡罗来纳州到西海岸的加州参加典礼。我们人少，儿子拿到证书的那一刻，我虽然激动得要命，也没闹出多大声响。

◎ 拿到学位证书的丁丁

拿到儿子沉甸甸的Computer Science（计算机科学）的硕士毕业证书，特别是看到儿子的成绩单（所有功课全A，还有5门获A^+，有关人工智能的毕业论文获导师好评推荐发表），我真的是心绪难平，有关儿子成长的点点滴滴涌上心头。这张毕业证书来得太不容易了，他不仅是儿子努力的成果，也是命运的恩赐，为此，我永远感谢命运。

2014年7月8日

这教父母太感动

2006年12月25日，星期一。圣诞节的清晨，正是欲醒未醒时，儿子来到床前，轻声说，老爸老妈请起床，带你们去看样东西。待我们穿好衣服，儿子带我们走到大门边，他略显激动，说："爸爸妈妈，感谢你们的养育之恩，儿子送你们一件圣诞礼物"，遂把门打开，门前停着一辆戴着大红花的崭新的 Lexus。

这太让我意外了，我怎么也没有想到，2005年9月才开始工作的儿子，会为我们买这么贵重的圣诞礼物。特别是当我听了他为了制造这样一个惊喜，花了多少心思，吃了多少苦的经历后，眼泪就止不住地往下流，心中的感动啊真是难以言说。

儿子远在美国加州硅谷工作。他告诉我将在12月21日（星期四晚上）飞到多伦多。我欣喜万分，每天都望眼欲穿地等着他归来。可是他却告诉我，下飞机后不直接回家，要去尼亚加拉参加朋友聚会，第二天也就是星期五晚上才能回家。我有一点失望，心里怪他把朋友看得比父母还要重要。然而，我错怪他了。朋友聚会只是一个借口。他的目的地是美国纽约州的 Rochester，他必须要在星期五中午12点之前赶到那里，把他买好的车从车行取出。由于车行在圣诞节前的星期五只工作半天。他下飞机后连晚饭都没来得及吃，匆匆搭上了一辆去尼亚加拉美加边境的灰狗。到达美加边境已很晚了。由于是圣诞前，美加边境过境的车排起了长龙，他在车上等了整整十个小时才过了关口。这时离车行下班已

◎ 儿子送的 Lexus

经没几个小时了。他原本是想乘灰狗去 Rochester，但时间已经来不及了，他只好叫了一辆出租，终于赶在车行下班前拿到了车子。至此他已经 30 多个小时没吃没睡了。然后他又忍着疲劳把车开回了多伦多，停在我的邻居 Margurate 家，他早已跟他们说好，要他们保密直到圣诞节那一天。儿子的行动深深感动了 Margurate 与她的先生，他们开玩笑说要我儿子做他们的儿子。

2007 年的圣诞节，他送给我一架佳能的单反相机。2008 年我去硅谷照顾他做手术，其间曾买了一个包，我无意中告诉他这是我买的最贵的一个包（原价 100 美金，40% 折扣）。谁知，在我过生日的那天，他又给了我一个惊喜，送给我一个 LV 的包做生日礼物。

儿子对我们这样慷慨，可他自己却非常节俭，至今还在开一辆 8000 美金买的二手车。出去旅游都是自己背一大瓶水，很少在外面买水。

我们对他一直要求很严，特别是生活方面，很少给他零花钱。在新加坡上学时，他每天在外面吃午饭。他爱吃海南鸡饭，那时每份海南鸡饭两元，一杯甘蔗汁四角，我们每天给他二元五角钱。过年时给压岁钱，也是长一岁多给一元。他 15 岁那年回国过年，发现他的堂兄妹每人的压岁钱都过百，而他只有区区 15 元钱，心里很不平衡，我们就给他讲道理。他 16 岁时开始暑期打工，打那时起，他的零花钱都靠自己挣。他在加拿大读大学期间，学费生活费全靠自己挣，我们只为他交过第一个学期的学费和生活费。

这种从小节俭的要求，使得他懂得花钱要计算，不能心血来潮。在新加坡时，他有一个很有趣的计算花钱的方法，每当他要买什么东西时，他就算一算这个东西值几份海南鸡饭。比如，他想买一件运动衣，要花 40 元，他一算，40 元可以买 20 份海南鸡饭，太贵了，不要。

现在回想起来，觉得自己有点亏待了儿子。可喜的是，儿子建立了正确的价值观，节俭、刻苦、认真、努力。工作很出色。现在收入不菲，但依然节俭，懂得理财，懂得孝敬父母。只是我自己常常内疚，觉得对儿子太苛刻了。

2009 年 3 月 4 日

北美农妇的幸福生活（一）

—— 鲜花篇

北美农妇的幸福生活主要在花园里，谁让俺是个花痴呢，俺天生具有那种“对着一丛野菊花就怦然心动的情怀”。上帝厚爱俺，让俺移民到多伦多，拥有了一个梦想中的花园，于是俺就不让花园闲着，用花儿果儿填满每一寸土地，让春、夏、秋三季鲜花不断。每天早晨起床后的第一件事情就是走到花园里去问候我的花儿，给它们一个微笑，它们给我一片灿烂。若是出门，回家后的第一

◎ 作者家花园一角

◎ 牡丹

◎ 粉色芍药

◎ 紫粉色芍药

件事就是去看我的花儿是不是渴了，是否该浇水了，尽管我自己渴得要命，但是“花儿第一”是我的原则。给花儿浇完水，自己才顾得上喝水。为了让花儿长得更好，我参加了一个 Gardening Club（园艺俱乐部），学了不少知识。把这些知识用到花园里，于是就有了下面晒出的这些美丽照片。

请看我的牡丹，1998 年花 27 加元买的，已经 21 年了。年年都有“一枝红艳露凝香”。

能与牡丹比美的就是芍药了，我有两丛芍药，一丛紫色，一丛粉色，不需要什么精心照顾，每年六月初“受露色低迷，

◎ 盆花

向人娇婀娜”，真想像白居易那样“醉对数丛红芍药，渴尝一碗绿昌明”。

我每年都会买许多花苗自己搭配栽种盆花，渐渐地悟出要想盆花美丽的几个原则，即：花儿的色彩搭配要协调；高低要有层次，各类花儿开放时间要错开，避免一起开一起谢的情况发生。以下是其中的几盆。

◎ 爬藤玫瑰

要想盆花开得好，要勤浇水，勤施肥。

玫瑰玫瑰我爱你。爱你的原因有很多，爱你的美丽多姿、爱你的不畏寒冷、爱你的花开不断、爱你的

◎ 爬藤小红玫瑰

◎ 爬藤粉玫瑰

◎ 铁线莲

◎ 凌霄

明媚娇羞。玫瑰的品种很多，选对了品种，种一次就会给你多年的喜悦和享受。以下是我养的几株玫瑰：

铁线莲是非常养眼且易于种植的多年生藤本植物，花色品种很多。我家的一株在春天开出了满满一藤繁花。

多年生藤本植物好养的还有凌霄，它繁殖能力太强了，我在3年前种了三棵，

◎ 木槿与格桑花

现在已经爬满了工具房的屋顶和架子。

多年生灌木开花植物又美丽又好养的还有木槿，我种了两棵，一棵开白花，一棵开粉紫色花，到了夏天，那就是“一簇一簇的花开”。

洋绣球（hydrangea）美丽大气，多年生草本。花儿连续开

◎ 红色洋绣球

◎ 白色洋绣球

三四个月，是花园里的镇园之宝。

某些球根类花卉非常美丽，但是冬天要挖出球根，春天再种。剑兰是一种。

另外一种球根类花卉就是球根海棠，像小型的牡丹花一样美，而且花期很长，能从春天一直开到下霜。

◎ 红色剑兰

◎ 粉色剑兰

◎ 球根海棠

◎ 格桑花

下霜后挖出球根保存在地下室的 Cool Room 里，来年春天再种到花盆里。

一年生草本里最好养的是波斯菊，又叫格桑花，英文名 Cosmos，花儿开败后结的种子会招来一种美丽的蜂鸟。种子掉在地上第二年春天自动发芽生长。我只种过一次，花园里便年年可以看到它亭亭玉立的风姿。

还有许多小型花儿，例如郁金香、风信子、洋水仙、百合、雏菊等，就不一一介绍了。

捧一盏香茶、拿一本好书，坐在鲜花丛中闻着花香消磨一个美丽的夏日午后，便有了只羡花农不羡仙的感觉。

北美农妇的幸福生活（二）

——蔬果篇

北美农妇的幸福生活指数随着四月里第一茬新韭在冰雪刚刚融化后冒出鲜嫩的绿芽后便滋滋地增长。

割下第一茬新韭，捧着闻味，也是醉了。新韭晚菘，都是人间至味。杜甫到老朋友家做客，老朋友用春韭和小米饭招待他，于是便有了“夜雨剪春韭，新炊间黄粱”的名句。我总是用第一茬春韭包饺子，味道那个鲜美，仿佛把憋了一个冬天的鲜味全都释放出来了。我一边吃着饺子，一边摩拳擦掌地计划着如何倒腾我花园里的那一小片菜园子。“湖上春已早，田家日不闲”的农

◎ 第一茬春韭

◎ 红樱桃

◎ 收获的樱桃

忙时节就在眼前。

种的菜如肉豆角、顶花带刺的黄瓜等都是多伦多的超市里买不到的。要在四月底开始育苗。种子是朋友送的，北京农科院的优良品种。多伦多春天来得晚，苗儿要在4月底育出，5月中种下，才能在七月初收获。

最早收获的是樱桃，那是我2003年花29元加币买来的一棵小樱桃树，买来时树高不到两米。现在已经长成参天大树了，占据了前院70%的空间。

春天给我一树繁花，初夏给我一树红玛瑙。

最近几年到了高产期，大年可以收获100多磅樱桃，小年五六十磅。与买来的樱桃不同，它汁多、味道甜中带微酸，非常可口。樱桃能结这么好，我家小狗冬冬功莫大焉。冬冬的狗屎是樱桃树最好的肥料。我把冬冬的狗屎收集到一个桶里，加上水，搅拌成糊状，浇到樱桃树根部，臭狗屎就变成了甜樱桃。很多朋友都吃过我家的狗屎樱桃。因为它们结得太多了，根本吃不完，送邻居，送朋友，还烂掉许多。今年是结的最多的一年，动员了许多朋友来家里采樱桃，樱桃树下笑语喧哗，好不热闹。

最好养侵略性最强而且据说是最热门的抗氧化浆果就是黑莓了。我大概是在2005年左右买了一棵小苗，谁知种下后它就疯长，而且满地串。我把它种在花园里南北向栅栏的最北边，它钻过栅栏串到邻居家。又从邻居家串回来，沿着栅栏往南部一路见缝插针地生长，以至整整一条栅栏都爬满了黑莓。

这黑莓我不浇水不施肥，任其自生自灭，但是它却顽强地生

◎ 黑莓

◎ 收获的黑莓

长，不知疲倦地结果。

它的口感有点酸，但是我发现一个非常好吃的办法：把它放到粉碎机里，加一根香蕉，一杯鲜奶，粉碎后做出来的果汁味道像极了北京的酸奶。去年的黑莓结了近百磅，把吃不完的冰冻起来，到了冬天拿出来做酸奶味的果汁味道一样鲜美。真是好东西啊。

◎ 顶花带刺的大黄瓜

从七月中开始，豆角、黄瓜就在枝头开花结果了。黄瓜豆角每天都有收获。摘下一根顶花带刺的嫩黄瓜，咬一口脆生生、甜滋滋，吃一口香喷喷的扁豆焖面，北美农妇的幸福指数嗖嗖地往上蹿。要知道，这可是在多伦多花多少钱都买不到的蔬菜啊。更别说是无化肥、无农药、无污染的三无纯绿色蔬菜，中南海的

◎ 北京的豆角

特供蔬菜也不过如此吧，哈哈，阿Q精神也是北美农妇生活幸福的因素之一。

这种个儿大，肉儿沙，汁儿多，咬一口又酸又甜的汁儿顺嘴流的西红柿哪里去找！这是儿时记忆里的西红柿，这是羊粪、牛粪等农家肥滋养的西红柿！皮儿轻轻一剥，切碎放几茶匙白砂糖，捣烂成西红柿汁，吃起来那个美，

◎ 西红柿

◎ 秋葵

◎ 秋葵的花

我敢说，人间难寻！

第一次见到秋葵是在新加坡，他们管它叫娘娘指，大概是从英文名字Lady’s finger翻译过来的，这个名字的确很传神，细细尖尖的样子的确像娘娘的手指。新加坡的名菜咖喱鱼头里总少不了它。据说还有降血糖的功能。我第一次种它，不但好种，而且结果很多。有许多种吃法，无论清炒凉拌，都很美味。

最令我意外的是，它的花儿居然惊人地美丽，净雅高洁的花儿由三个顺时针旋转的花形组成，像一位恬静的淑女，它静静地开，悄悄地落，花儿开败落下

◎ 白茄子

后便有一根短短的手指露出，我想，那果实与那花儿实在是太般配了。就叫淑女指好了。

2018 年 5 月去美国弗吉尼亚杰弗逊故居时，我的美国朋友 Jane 买了许多花儿蔬菜的种子送我，其中有一种白茄子的种子。我种了几株，它们开出紫色的花，结出白净的果实，还不知道味道如何，但是形状色彩很吸引人。

我种的蔬菜中还有鱼翅瓜，它爬满了我的藤架，结出了好几个瓜，成熟时每个都在十磅以上。鱼翅瓜吃起来有点像冬瓜，也

◎ 鱼翅瓜

有点像西葫芦，内部的肉有点像鱼翅，可以炖着吃，也可以炒着吃。

清晨一捧鲜花，傍晚一篮蔬果，北美农妇的幸福生活就在鲜花蔬果之中。

◎ 蔬果丰收

家有孙女万事足

我当奶奶了，而且是两个孙女的奶奶，亲们，你们想知道当奶奶的滋味吗？告诉你，那就是美滋滋，甚至有点美得屁颠屁颠的。在儿子家里时，天天陪着小草莓（大孙女）玩，抱着小蓝莓（小孙女）盯着看，看也看不够。离开了儿子家，把两个小孙女的照片挂在墙上，摆在桌子上，贴在冰箱上，总之是视线所及的地方都能看到两个小宝贝。而且见人就让人看照片，恨不得拿个大喇叭满世界嚷嚷。也许你会说我爱显摆，打住，您当了奶奶保准跟我一样，这是人性使然。奶奶我读过礼记，礼记有云："君子抱孙不抱子"，看来隔代亲自古有之，近又听说克林顿为了看到孙儿健康成长开始吃素寻求长寿，爱孙儿胜过爱自己，更说明这是人性使然。

当了奶奶后突然感悟到我没有白到这个世界走一遭，我等凡人，赤条条而来，赤条条而去，不可能给这个世界留下点什么。有了儿孙，特别是出色的后代，就特有满足感，满足于给人类留下了优秀的基因。

自从有了两个小孙女，我平淡的生活立马充实了许多。以前的日子是养鱼、养鸟、养狗、莳花缛草，自诩为陆海空三军总司令。有了小孙女之后，那些花儿草儿鱼儿鸟儿狗儿都退居二线了。我脑袋里每天想得最多的是我的两个可爱的小孙女。

我想到小草莓、小蓝莓刚出生时，我去照顾她们，每天抱着

◎ 草莓

她们，看着她们粉嘟嘟的小脸蛋像春天的花苞，这花苞一天天长大，会笑了，笑脸像半开的花朵。记得草莓刚满月不久，把她放到 Car Seat 里去超市，提着小 Car Seat 进超市，她在小 Car Seat 里睡得那么安详，像极了一个小天使，让人的爱怜之情油然而生，每想到这一幕便会眼湿。

想到离开草莓时的千般万般的不舍。坐在飞机上偷偷流泪。想到第二次见到她时她还不满一岁，她的爸爸妈妈带她到多伦多来度圣诞，我乐呵呵地给她准备小婴儿床，买玩具。怕她冻着，半夜里爬起来去看她，发现她转了个 180 度，小被子踢开了，身子冻得冰凉，我心好痛，赶紧把她抱到我的被窝里。想到第三次见到她时她正开始呀呀学语言，陪着她捉迷藏，她用小手捂住小脸蛋，我躲起来，她找到我时开心地大笑；想到她像个上了发条的洋娃娃，每当音乐响起，她便翩翩起舞，自己编排舞蹈动作，

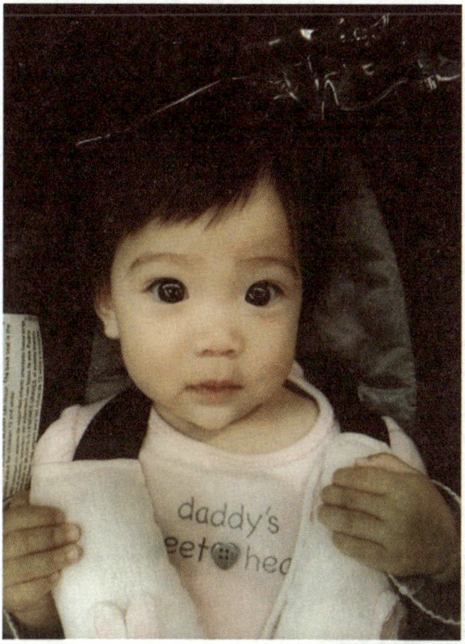

◎ 蓝莓

她节奏感极强，跟着音乐跳，每一步都踩在拍子上，这可能是来自她妈妈的遗传。我练太极，动作极笨，她模仿我，那个姿势美过任一个太极大师。

第四次见到草莓时她已经会说许多话了，她最爱的是拼图，我每天陪着她拼图，一个刚刚2岁的孩子，不知道那小脑袋瓜是怎么想的，居然能拼出十分复杂的图样来。她拼图上了瘾，一天天刚亮，她就跑到我的屋子里，大声说："奶奶，我要拼图"，看她那样子，似乎还未睡醒。她十分乖巧伶俐，一次她到我的房间，想跟我玩，看我还在睡觉，她便悄悄地走出去并轻轻地关上门。一个2岁的孩子，何以如此懂得照顾别人。

想到同她一起念童谣的快乐，奶声奶气口齿不清的童谣配上稚气可爱的动作是人世间最高档次的艺术，因为她纯真，因为她天然，没有雕琢，没有造作，于是便感人，于是 便给人带来纯净的快乐。有一首童谣格外让我感动，童谣是："大拇哥，二拇弟，三姑娘，四小妹，小妞妞，爱看戏，一家人，拍拍手，手心、手背，心肝宝贝"，每当念到"心肝宝贝"时，她便把小手先放到心口处，再张开双臂搂住我，仿佛我是她的心肝宝贝似的。

第五次见到草莓是去年圣诞前夕在墨西哥的坎昆，在酒店的走廊里，她一看见我就飞奔到我的怀里，说：“奶奶，我好想你”，那一刻，我心都融化了。

在坎昆的海滩上我陪她玩沙子，我走到离海水较近的地方，这时一个大浪打来，浪花没过我的小腿，她吓坏了，哭着喊：“奶奶快过来，奶奶快过来。”她虽在玩沙子，却也在关心着亲人的安危，很难想象这是一个不到3岁的孩子的所为。

在坎昆我不幸吃坏了肚子，发烧、拉稀。小草莓像个小护士，一会儿给我拿来水，一会儿要我吃药，还拿着她的玩具体温计，像模像样地要给我量体温。

◎ 草莓、蓝莓与圣诞老爷爷

自从有了微信之后，与草莓的交流便多了起来。草莓3岁多一点，会说许多话但是不太懂得话的意思，然而正是这种稚嫩的童言给我们增添了无穷的乐趣。比方说，她每次在微信语音留言中都要说：“爷爷奶奶父亲节快乐，母亲节快乐”，还说：“妈妈是美

◎ 快乐的一家人

女，奶奶是美女，爷爷也是美女”，把爷爷乐得也屁颠屁颠的。她的口音中带有台湾腔，大概由于她上的幼儿园是台湾人办的，老师讲台湾腔的缘故。比如，她在微信语音留言中说“爷爷奶奶晚安安，我明天再早（找）你”，她把“找”读成“早”，我和她爷爷听了以后总是开怀大笑。现在，每天听草莓的微信语音留言就是爷爷奶奶的最大享受。爷爷说得好，听草莓留言带给我们的快乐远胜听相声小品等娱乐节目。因为那些节目带给人的快乐笑过便完了，而草莓带给我们的快乐却是一种甜甜的回味良久的快乐。难怪哲学家周国平说家里有了女孩儿就不需要看电视里的娱乐节目了，此话不假。

蓝莓还小，但是带给我的快乐与思念也不亚于草莓。蓝莓那双摄人魂魄的大眼睛，明亮清澈得无与伦比。记得我照顾她时，每天盯着她看，看不够她的美丽娇俏，这样美丽的明眸生在这样一张娇美的脸上，真是造物主的杰作啊。

谈论两个小孙女是我和先生每天的主要话题，我和先生的人生已经走了大半，往后的日子无所欲求，有这样两个孙女，此生足矣。最大的愿望是看着她们健康成长。

2014 年 4 月 29 日

生日感怀

过生日对小孩子们来说是一件大喜事，他们早早地就期盼生日，期盼着爸爸妈妈的礼物，期盼着邀一群小朋友开生日 Party。遗憾的是，我小时候是没有过过生日的。到了有条件过生日的时候，已经到了怕过生日的年龄。每过一年，就长 1 岁。对女孩子来说，过了 18 岁就开始恐惧变老。记得一件有趣的事情。我 15 岁那年，认识了一位文工团的演员，她很漂亮，当时也就十七八岁的样子，正值花样年华，她却极度恐惧自己的年龄，我记得有一天她对我说："我好羡慕你啊，我都老了。"

年轻的时候特别怕变老。十几岁时觉得 30 岁的人已经很老了。20 多岁时觉得 40 岁的人已经是大妈级的了。记得王晓棠 40 多岁时曾经引用过一位外国名人的话，说人生从 40 岁开始。当时我想，这可能是王晓棠找自我安慰吧。等到自己也 40 多岁了，才觉得 40 岁并不那么恐怖。我自己的真正精彩的人生也是从 40 岁开始的。我将近 40 岁才出国，出国后拼命装嫩，从心理到生理都把自己往年轻人里拉。不这样做不行啊，因为自己从事的职业是年轻人的职业。当时我在新加坡科学园区的一家公司工作，公司里大部分都是年轻人，到园区的餐厅吃饭，举目望去，一片青嫩。没办法，自己就往青嫩里靠。还真是近墨而黑近朱而赤，与年轻人在一起待得久了，自己的心理生理年龄真的变年轻了。现在看自己 40 多岁时的照片，不但显年轻，而且更有一种成熟自信的美（自夸一把，嘿嘿）。

后来移民加拿大，为了找工作，这嫩就更要装得到家了。好在白人看不出咱华人的年龄，法律规定找工作面试不许问年龄，还着实把公司的面试人员给蒙了。等到我得到了这份工作，走进办公室，往四下里一看，我的妈呀，全是年轻人。我想，大概也就是面试我的那个 Director 比我大。谁知几个月后他过生日，请我们去喝酒，告诉我们他39岁。天哪，我真成了办公室的老大姐了。

◎ 2018年春，作者在美国华盛顿

但是，与一帮年轻人一起打拼，丝毫松懈不得，从身体到精神都要动员起来与年龄抗争。

40岁还可以装一把嫩，50岁装嫩就有点吃力了。首先是身体发生了状况，女人这时候到了更年期，失眠、盗汗、疲惫、情绪易变困扰着你，到了这个年龄，工作的担子也越来越重，体力不支，精力不佳就不由得让人显出疲态来。熬过了更年期，就到了晚年了。晚年是不是金色的，一要看身体状况，二要看心态，三要看经济状况。身体若没什么大毛病，就具备了金色的底色。经济上没有大问题，那么年轻的心态就像是

◎ 2018 年秋，作者在苏格兰爱丁堡

给金色黄昏涂上绚丽的晚霞，这时，你就可以尽享金色晚年了。

这是 2011 年写的一篇博客，文章贴出去后，有网友留言：

香港人以前有句流行语；男人 40 一枝花，女人 40 烂茶渣，现在没有人再说的了，因为以前大家早婚，女士适婚年龄是 18 至 23 岁，而现在流行迟婚，女士 30 岁后才出嫁也不是问题。

女人 40 一枝花才是正确，我的跳舞同学（女士）是奔六和 60 岁后，她们依然是争妍斗丽，都市妇女不用日晒雨淋，又有护肤用品，60 岁后打扮起来依然是美人一个。

我现在也过了六张了，还真有点越活越有滋味越觉年轻的感觉。上一张近照。

粽是童年香

又是粽子飘香的日子。每年这一天照例要吃粽子。现在吃粽子是稀松平常的事情，只要你想吃，随便哪一天都可以去超市买来吃，但是却少了小时候的那份企盼，吃到嘴里的滋味也比小时候淡了许多。

我小的时候很是把端午节当作一件事的。端午节前半个月妈妈就开始准备包粽子的材料。首先是粽叶，舍不得花钱去买新粽叶，用的是前一年留下来的。那时我们吃粽子时要小心把粽叶剥下来，不能弄破了，弄破就不能再用了。把剥下来的粽叶洗干净，晾干，包起来准备来年再用。然后是到野外去采包粽子的马兰叶，这是我最爱干的活。马兰（细叶鸢尾）是一种开蓝色花朵的植物，叶片细长，很柔韧，晾干后是包粽子最好的材料。现在包粽子用线绳或塑料绳，让人觉得很不正宗。我知道在哪里能找到野生的马兰。我提着小篮子，来到小河边或沼泽地，一丛丛马兰开着蓝蓝的花朵在水边亭亭玉立。要不了多大工夫，就会采够包粽子所需的马兰叶。在端午节的前一天，妈妈就把粽叶、米和红枣都泡好。晚上吃过晚饭，全家人坐在一起开始包粽子。要想把粽子包好也不是一件容易的事，包不好就会漏米。要想包得大小一致，棱角清晰，需要许多实践。开始学时，我包的粽子大小不一，棱角不清，还总是漏米，到后来我包的粽子就成了工艺品，那俊俏的模样让人不忍下嘴。包好了粽子，妈妈让孩子们都去睡觉。待孩子们睡了，她才开始煮粽子，为的是端午节的早上一起床就可以吃到美味的粽子。端午节夜晚的睡眠是很折磨人的，锅里飘来的粽香一次次地扰我的清梦，我一次次地从梦中醒来，偷偷揭开锅，望着粽子流口水。

端午节要早起，妈妈说要在黎明前起床，到野外去用露水洗手，这样可以使拿针做针线活时手上少一些手汗。我喜欢做针线活，但是手汗很多，针总是很涩。于是，我很听话地早早起来，在晨曦中到野外用露水洗手。但是，这似乎一点用也没有，拿针的手还是出很多汗，针依然很涩。到后来我拿针不再出手汗了，不是露水洗手起了作用，而是用针熟练了的缘故。

用露水洗完手回到家里，妈妈从锅里捞起了粽子，我们急不可耐地打开（因为着急，常常弄破了粽叶，引来妈妈的训斥），四角形的白糯米冰肌玉骨，中心一颗枣儿鲜艳夺目，浇上蜂蜜或撒上白糖，咬一口甜、滑、醽、香，那个滋味成了童年对于美味的最深刻的记忆。

这么多年过去了，吃过的粽子早已不计其数，但再也找不到童年吃粽子的感觉了。也许是由于没有那份企盼心了罢。

2010 年 6 月 17 日

中秋杂忆

我想，世界上恐怕没有第二个民族对每年仲秋时节的这次月圆的自然现象像中国人那样赋予这么多的人文意义。在中国人心中，中秋是诗意的，古往今来歌颂中秋明月的诗句不可计量；中秋是欢乐的，合家团聚饮酒赏月吃月饼，其乐融融；中秋是妙曼的，嫦娥蟾宫折桂子，玉兔天宫伴天仙给了孩子们多少美好的想象；中秋是浪漫的，“月上柳梢头，人约黄昏后”，明月见证的爱情更令人沉醉；中秋是抒情的，“但愿人长久，千里共婵娟”；中秋是丰沛的，粮食入仓，瓜果上市，丰收的喜悦溢满心间。

因为打小就喜欢吃月饼，所以小时候盼着过中秋。那时家里穷，买不起月饼，妈妈就自己做。和面要用油，当时每人每月定量供应 3 两油，我妈舍不得多放，做出来的月饼跟死面饼的区别就是加了枣泥或豆沙拌红糖的馅，在那个物资匮乏的年代，这些东西都是平时吃不到的稀罕物，珍贵得很，吃到嘴里觉得格外香甜。

生活在北方，见到的吃到的月饼大都是硬硬的小圆饼，有豆沙馅的，有枣泥馅的，有果仁馅的，外皮一概是油拌白面烘烤出的甜饼。改革开放后，人们见识多了，有人吃到了港式月饼，便开始嘲笑北方月饼。记得当时流传着一个笑话，说是有人把北京的月饼扔到马路上，汽车从月饼上压过去，月饼愣是完好无损，马路倒是给硌出一个坑来。此后北京月饼便风光不再，港式月饼所向披靡，一路攻城略地，由南到北席卷全中国。现在月饼的花样是更多了，它的意义也不再是节日里的一道甜品，还肩负着行贿受贿的时代使命。面对着五花八门的月饼，我再也找不到小时候吃月饼时的喜悦了，像是完成任务似的尝那么一两口，它们的甜腻的确有违健康生活的理念。

有关中秋节的回忆大多是欢乐的，但也有辛酸的回忆。那是80年代初，儿子出生前两周。我将要临盆，但在哪里生孩子却成了大问题。我毕业后留校，住在清华教工宿舍，与一位同事同住一间小屋。那时候学校房子极其紧张，五六十年代毕业的老师们还都挤住在由原来的单身宿舍演变成的筒子楼里，一家三口住十平方米的小屋是普遍现象。记得那时有一部叫作《邻居》的电影讲的就是这种现象。像我这样的年轻女教师想要分到十平方米的房子连门儿都没有。怎么办呢，就在中秋佳节那个月光如水满目清辉的晚上，我与先生坐在清华主楼前的台阶上，望着明媚的月光，唯有声声叹息，改苏东坡名句为："房子几时有，含泪问青天，不知清华领导，开恩在何年？"

现在儿子已长大成人，我们也有了带花园的小洋楼，那"房子几时有"的悲叹已成旧梦。但每年中秋，我都会想起这一幕，在感叹往日辛酸的同时，我心里常常升起一种感恩之情，感谢命运，让我有了今天的生活；感谢宽厚善良的加拿大人，他们张开双臂迎接我这个异乡人；感谢先生儿子还有我自己，我们用自己的勤奋努力创造了自己的生活。

在这美妙的中秋佳节，我只希望每一个将要临盆的母亲都有房子住，再也不要有我当时的无奈与悲哀。

2009年10月4日

面条连接着我的中国胃和中国心

张明敏的《我的中国心》唱了几十年了。在国内听这首歌，很为海外侨胞的爱国心所感动。到后来自己也成为广义的海外侨胞时，才知道那颗中国心实际上是由中国胃决定的。具体到我，是那或粗或细或长或短或宽或窄或薄或厚或圆或扁或酸或辣、柔韧韧、颤巍巍、香喷喷、滑溜溜的面条，在我的中国胃和中国心之间建起了一条劈不烂砍不断炸不毁的锁链。

我是北方人，爱吃面食尤喜面条。脑海里有关美食的记忆不是山珍海味，不是鸡鸭鱼肉，而是再平常不过的面条。弗洛伊德有个理论说人的童年时的经历影响人的一生。他说得有道理，至少我对面条的喜爱与我的童年经历有关。

我的童年是在山西度过的。山西山多平地少，又干旱少雨。麦子产量低。有名的山西大寨主要是靠着玉米、高粱获得高产的。记得那时市民的粮食定量，白面只占15%。这么少的一点白面，为了让那难以下咽的粗玉米面稍微好吃一点，常常是掺在玉米面里蒸二面馒头。就连太原的饭店里也卖这种二面馒头。美其名曰“金银馒头”。吃一顿全白面的面条不是过年也是过节。我妈是陕西人，会做陕西的拉条子。那是一种非常好吃的拉面。比一窝丝的兰州拉面要好吃，因为面里不掺灰[①]（掺灰是为了增加面的

① “蓬灰是用蓬柴草烧制而成的草灰，经过上百年的使用。另外，蓬灰只在兰州牛肉面中使用，没有国家标准可执行。在拉面里加了后，可以增加拉面的口感，会比较“劲”一些。”

弹性，但破坏面的口感），所以只能一根一根的拉。我家有九口人。我妈五六分钟才能拉出一碗面。每个人吃一碗要等一个小时。虽然我是一个女孩儿，但那时的饭量特别大，没有两大碗是吃不饱的。等到轮到第二碗时，吃下去的第一碗已经消化得差不多了。就这样，如果午饭吃拉条子，就差不多从中饭吃到晚饭，感觉上还是没吃够。所以就落下了一个毛病 —— 吃面条没够。童年的经历还在我的潜意识里埋下了面条最好吃的定论。所以无论我走到哪里，无论吃了什么山珍海味，都觉得不如一碗面条来的好吃痛快。记得 1998 年游览拉斯维加斯和大峡谷，驾着车在美国转悠了十几天，那时还没有现在这样遍地开花的中餐馆，吃美国餐吃到怕。回到多伦多进家门放下行李的第一件事是煮面条。当那热乎乎滑溜溜的面条划过喉咙时，感动得只想哭。当时想就是打死我我也不愿做个地道的美国人。

此生吃过的面条种类繁多。山西是面食王国，仅面条就有许多种，刀切面、剔拨股（把白面搅成焦糖那样黏稠状，铺在一个平铲上，用一根铁筷子往开水锅里拨）、一窝丝拉面还有刀削面。要说刀削面，最著名的应属山西，但是，我吃过的最好的刀削面却是在南京。忘记了那家饭馆的名字，只记得它的刀削炒面举世无双。那面片厚薄均匀，长短适度，嚼起来韧性十足。炒料也不怎么特殊，但不油不腻，爽滑可口。入口难忘。那次去南京出差，招待单位很热情，大鱼大肉没少吃，但是，只要是自己出去吃饭，我一定是直奔刀削面。

清华校门南面的五道口有一家刀削面馆，也是我常去的地方。有一次我与一位同学谈起那家餐馆的刀削面，同学嘲笑说，那哪是什么面条，是橡子。同学眼里的橡子，竟成了我的美食，面条于我真有一种弗洛伊德式的情结。

随着年事的增长，吃过的面条的种类也在增加。北京的炸酱面，上海的阳春面，四川的担担面，西安的裤带面，甘肃的浆水面，陕西的臊子面，兰州的拉面都一一尝过，最爱吃的还是拉条子（又是弗洛伊德式的情结在作怪）。此生吃过的最好的拉条子是在新疆的天山脚下的一家小饭馆。那是 1989 年秋，被邀请去乌鲁木齐讲课。讲完课之后，邀请单位派人陪同我游天山。早上爬山，清凌凌的水配着蓝莹莹的天，再加上悠悠白云茵茵碧草幽幽松林皑皑白雪，美得令人销魂荡魄不忍离去。午饭时就近找了一家门脸矮小破旧的小饭馆将就将就。都说秀色可餐，大自然的美景不但是我视野的圣餐，也让我忘记了饥饿。当时没怎么多想就点了他们的拉条子。记得是一盘羊肉西红柿洋葱炒拉条子。那个香，洋葱头的香；那个鲜，西红柿的鲜；那个美，羊肉的美（这才明白为什么“羊”字加“大”字组成“美”字），还有那拉条子的韧、滑、劲道，每当想起它就口水直流。从此后自己常常用洋葱西红柿羊肉炒面，但总是比天山的差许多。一个月前看见多伦多新开一家新疆风味的餐厅，想起了新疆拉条子，遂进了餐厅，菜单上果然有新疆拉条子，大喜，随即叫了一份。吃到嘴里，好失望，比天山脚下的差远了。这是为什么呢？难道天山的那家放了鸦片了？细想，忽然明白，在天山那种洁净的环境下生长的羊，加上那时种植的无污染、无转基因的洋葱西红柿，能不香吗？在这发达的西方国家，就算是所谓“organic” 的植物，能有多少真正的农家味道呢？

2008 年 3 月 26 日

岁末心情

圣诞刚过，新年的脚步已在门外徘徊，2009年将要成为过去，2010年就在眼前。在这除旧迎新的岁末，打点自己的心情，怎么也找不到小时候常有的那种兴奋、盼望、雀跃和对未来的憧憬。

都说喜新厌旧是人之本性，但于我却是年纪越大，越是恋旧。这几天收拾书柜衣柜，好像在细数我几十年漂泊的脚印。占了半个书柜的旧书，自从我有了第一间蜗居起就一直陪伴着我，在那间住了八年的15平方米的小屋里，它们挤占了少妇的衣橱；它们随着我飘到南洋，又飞到北美，20多年来搬了无数次家，扔掉了许多东西，没舍得扔它们。《忏悔录》读了不止一次，每次读都有新的体会；《唐诗三百首》《历代词萃》《古文观止》是我精神的依托，无论什么时候翻开它们，都能享受到巨大的精神愉悦；如果说普希金的《叶甫盖尼·奥涅金》唤起少女时的我如塔吉雅娜那样的对爱情的憧憬，那么《安娜·卡列尼娜》《复活》《包法利夫人》让我对爱情有了更多的思考。捧起每一本书，慢慢地翻，感觉翻的不仅是书页，还有初读它们时的心情。随着岁月的流逝，情感从稚嫩到成熟，这些书是我人生的良师益友，我怎舍得丢弃。

衣橱里挂满了各色服装，从80年代初直到如今，跨度居然达30年之久。其中还有我在1984年自己缝制的一条碎花布三节裙，那时我的腰围只有一尺八寸（市尺），白衬衫掖在裙子里，大大的下摆，走起路来裙裾飘飘，更显出腰身细细身材娉婷，曾引来很高的回头率。这条裙子是我年轻时美丽过的见证，看见它便想起了那逝去的芳华。有趣的是，几年前又流行三节裙，我把它拿出来，把腰身改大了些，居然还能穿，效果还不差呢，遂相信那种服装潮流20年一个轮回的说法，愈是舍不得扔旧衣服了。

床上的被罩也是旧物，也有20多年了，淡淡的苹果绿，薄得已经可以看到里面的被面的颜色了，但是柔软舒适熨帖到极致，经过几十年与肌肤的磨合，早已到达至轻至柔的境界，不是破得不能用了，我是断断不舍得换的。

不仅是恋旧物，对于过去的人和事的追忆也愈来愈频繁。怀疑自己是不是真的到了人生的某个阶段，更多的是回忆过去而不是憧憬未来。2010年会是什么样子，想得不是太多。

2009年12月30日

向阳花木早逢春

——忆清华园里的花草树木

清华园里的花花草草有多美，在朱自清的散文中早有描述。我想朱老先生所在的清华园一定比我住的时期更美。

记得那时流经校园的小河还没有加水泥河堤，是一条真正的自然的河。河堤是斜斜的土堤。堤两岸垂柳依依。在河的南岸，工字厅的北面，有一座小山包，山上有几棵杏树。每年初春，最早给人们报春信儿的，是河南岸小山包向阳坡上的杏花与河北岸的垂柳。我想那杏花一定是开在朱自清在散文《看花》中提到的老杏树上的，粉嘟嘟的花朵挂满老干的枝头，在周围光秃秃的树木中像一位独立俏佳人，笑盈盈地在寒意未尽的春风中摇曳。那些河北岸的垂柳，当其他地方的柳树枝条还是黄黄瘦瘦的时候，它们却萌出肥肥的芽孢，枝条透出青中带绿、绿中泛鹅黄的柳色。远远看去，一层黄绿色若有若无的雾笼罩枝头，我想这大概就是古诗词里形容的所谓烟柳吧。这杏花，这柳色，让我想起了“向阳花木早逢春”的诗句。山之南水之北谓之阳，这老杏垂柳生长在向阳处，自然是先得春风的抚爱了。

杏花领来百花争艳。紧随杏花的是黄灿灿的连翘、迎春，然后是白丁香、紫丁香。丁香花儿虽不艳丽，但香气袭人。我常偷偷折几枝带回宿舍插到玻璃瓶中，于是，简陋的宿舍便会满室生香。我多伦多的房子的前院，也有一颗紫丁香，是前一个房主留下来的，每年春天，花香满院，闻到花香，便想起了美丽的清华园。

仲春时节便是海棠花儿盛开的时候。朱自清先生在《看花》中有这样一段描写：“最恋恋的是西府海棠。海棠花繁得好，也淡得好：艳极了，却没有一丝的荡意。疏疏的高干子，英气隐隐逼人。”我在工字厅的院子里领路过西府海棠的仙姿。那真是艳压群芳。长长的花茎托起一朵朵白中带红、红中透粉的花朵，五六朵一簇，袅袅婷婷，娇艳欲滴。薄薄的花瓣儿柔柔弱弱的，在春风中娇喘息息，格外惹人爱怜。难怪李清照在一夜春雨过后只惦记着海棠花：“试问卷帘人，却道海棠依旧。知否，知否应是绿肥红瘦！”自出国之后就再也没有见过海棠花。多伦多有一种红果树，名叫 crabapple，不是灌木（工字厅院中的是灌木），是乔木，花儿有几分与海棠相似，也是仲春时节开花，花儿也是四五朵一簇，花茎长长的，花色有偏红的也有偏粉的。但缺少的是那份让人怜惜的娇嫩的美。工字厅的海棠，你们是否娇美依旧？

海棠谢了春红，玫瑰就开始吐芳。记得东主楼前后有十几簇多年的玫瑰丛（不是月季），每年四月末五月初开花，花朵不大，是那种偏紫带粉的玫瑰。特别香。大概提炼玫瑰油用的就是这种玫瑰。每当花开时节，我就会在玫瑰丛中流连，久久不愿离去。

阳历五月，也就是白居易先生诗句“人间四月芳菲尽，山寺桃花始盛开”中的农历四月，清华园里却不是芳菲尽。那时在主楼前面有一个花池（这在当时是很少见的），花池里种植了一些草本花卉，有鸡冠花、串儿红什么的。最美丽的是百合（英文名叫 Lily），有黄色的，也有橙色的，在五月盛开。我与同学小孟都是爱花的人，在百合盛开的时候常常徜徉于花池前。记得有一次，小孟偷偷摘了一朵百合，却让学校的园艺工逮了个正着。小孟反应极快，立马立正，给那位老园艺工人边敬礼边说“向毛主席保证，再也不敢了”。那个老伯伯被小孟逗笑了，放了她一马。

六月，是荷花仙子凌波的季节，我循着朱自清先生赏花的旧迹，无数次忘情于先生笔下的荷花：“曲曲折折的荷塘上面，弥望的是田田的叶子。叶子出水很高，像亭亭的舞女的裙。层层的叶子中间，零星地点缀着些白花，有袅娜地开着的，有羞涩地打着朵儿的；正如一粒粒的明珠，又如碧天里的星星，又如刚出浴的美人。微风过处，送来缕缕清香，仿佛远处高楼上渺茫的歌声似的。这时候叶子与花也有一丝的颤动，像闪电般，霎时传过荷塘的那边去了。叶子本身肩并肩密密地挨着，这便宛然有了一道凝碧的波痕。叶子底下是潺潺的流水，遮住了，不能见一些颜色；而叶子却更见风致了。”（引自朱自清《荷塘月色》。我想，朱先生把荷花写绝了，我也就不必现丑了。）

七、八、九3个月，在宿舍楼前后，到处可见开着白花，粉花、紫花的木槿。木槿有两种，一种是小乔木，一种是灌木。清华园里的木槿大多是灌木。但树丛很大，很有些年代了。花繁叶茂，装点着美丽的校园，令人难忘。去年我见到一家花店里卖这种木槿，又惊又喜，想起了在四号楼居住时望着窗外的木槿花发呆的情景，立马买了两株，一株开粉花，一株开紫花。买来后栽在后花园里，从餐厅的落地窗中可以望见它们的倩影，虽然树丛很小，那美丽的花朵却能唤起我对母校的记忆。

金秋十月，通往西校门的大道两旁的银杏树的叶子一片灿黄，秋风吹过，片片落叶象金色的蝴蝶在风中翩翩起舞。每年我都要捡几片夹在书中。读书时拿出它们来观赏，一片片树叶像极了一把把的小折扇，摇着这扇子摇来了冬天。

大雪过后，最美的是松。主楼前的雪松与我学生时期的面容一起留在我的相册里。而今我已青春不再，但我相信那雪松一定更挺拔俊美。

最难忘图书馆墙壁上的常春藤。它使得图书馆这座欧派建筑更欧派。每年春夏两季，繁茂碧绿的叶片爬满整整一面墙壁。坐在阅览室宽大的书桌旁，被常春藤的叶片过滤过的阳光透过高大的拱形玻璃窗斑斑驳驳地洒在书桌上，就会产生一种感动和一种幻觉，仿佛置身于徐志摩笔下的剑桥。秋天，常春藤的叶片红得炫目。当秋风无情地扫落它们时，又会想起欧亨利的《最后一片叶子》。多少年过去了。如今我生活在欧洲移民建立的西方大都市，也去过许多图书馆，但再也找不到在清华图书馆的那种感觉。我想，可能是由于没有常春藤罢。

我美丽的母校清华园，我愿你永远美丽！

2008 年 3 月 19 日

命运

——冥冥之中牵着我走的神秘力量

我从不相信命运，总觉得自己所得的一切都是自己奋斗的结果。人到中年，人生过半，往后的生活已经看得很清楚了。回首往事，倒觉得许多事好像早已命中注定，不仅仅是自己奋斗的结果，仿佛冥冥之中有一股神秘的力量在牵引着我一步步走到今天。

我第一公派是 1984 年去香港，住在星加坡酒店，那时从未想到我会与新加坡有什么瓜葛。虽说当时很多人向往香港，但我却对香港没有一点好印象。湿热的天气，粘粘的汗像水蛭一样沾在身上。狭窄的街道上空笼罩着黏稠的空气，空气中弥漫着一股说不出的味道（我管它叫香港味，2004 年我再一次去香港时，又嗅到与 20 年前一模一样的味道，它是那样的独一无二，我在世界的任何地方都没有嗅到同样的味道），心情被逼仄的空间压抑着，连呼吸都不能畅快。因此当我回到北京走在长安街上时竟有一种从未有过的呼吸畅快的感觉。

1993 年我在新加坡买了一套 3 个卧室的公寓房，那是我第一次拥有自己的物业，算是终于有了一个完整意义上的家。前房主给我们留下了一些旧家具，大多数都送了朋友，只留下了卧室里的一套大衣柜。打开大衣柜，看到衣柜的门朝向里面的那一面贴着一张大幅的风景照，照片上是一个西方的摩登城市，但不知道具体是哪座城市。

新加坡比香港干净整齐许多。刚去的时候很是喜欢。但是住得越久，就越觉得乏味。新加坡没有四季。一年只有一季，永远的夏。新加坡的天气预报最有意思，每天都一样："我国明天的天气是：最高温32摄氏度，最低温28摄氏度，局部地区有阵雨"，刚开始听到这种天气预报时差点晕倒，特别是"我国"，要是在中国，这样预报是超级搞笑。天气是一年等于一天，一天等于一年也等于永远，就是有变化也是小得无法察觉。记得我家的客厅的窗外有一片小树林，枝叶繁茂，像一幅油画，很美。刚开始时很为它着迷。但是，几年过去了，那片树林就从未变过，没有季节的变化，自然树叶的颜色就不会变。有一天我再次望向窗外，居然产生一种错觉，觉得那片小树林不是窗外的风景，而是嵌在窗中的一幅画。住惯岛国的人认为这里是天堂，但对于我这样特小资的人，没有春夏秋冬，让我到哪里去伤春悲秋啊？那时梦里常常会有雪景出现。没承想真的是一个雪国在梦中向我招手。

当申请移民加拿大获得批准时，由于我们有一个朋友在多伦多，所以准备落地多伦多。多伦多是个什么样子呢？我们是一无所知。于是买了一本介绍加拿大的书恶补。翻到介绍多伦多的那一章，有一幅彩色照片跃然纸上。照片上一座电视塔高耸入云，塔畔有一座蚌壳样的建筑相伴，不远处是灯光闪烁的玻璃幕墙建筑群。一轮硕大的明月挂在半空中。好熟悉的照片啊，在哪里见过呢？想起来了，是大衣柜的门上贴的那张风景照。它居然是多伦多，真是不可思议。

到多伦多之后，为了儿子上学方便，我们在一个叫作滑铁卢的公寓里租了一间2个卧室的单元。那时还不知道加拿大有一所叫作滑铁卢的大学。后来我儿子竟然进了滑铁卢。

现在把这几件事联系起来仔细琢磨，觉得很有意思。住在香港的新加坡酒店预示着我的人生将要在新加坡停留，但不是久住，只是暂住，像住店一样。在新加坡虽然买了房，有了自己的家，但那个大衣柜门上的风景照却昭示着我们的家在另外一个叫作多伦多的地方。而滑铁卢公寓似乎预示着我儿子的前程。

另外，特别有意思的是我与 3、6、9 几个数字结的缘。住清华四号楼时，房间号是 339。在新加坡买的房是一幢公寓的十楼的 369 号。在多伦多买车上的牌照的号码是 396。

朋友们，你们有这么多有趣的巧合吗？

2008 年 3 月 24 日

想念小狗冬冬

离开多伦多的家到美国加州硅谷已经三个多星期了。要问我这些日子最想谁，说实话最想的是小狗冬冬。

小狗东东是去年5月5日到我家的。想来可能是缘分，在买它之前我没有做过多少调查研究，在网上看到一张有3只小白狗的照片，马上就被那可爱的小模样所吸引。跟卖家约好后就迫不及待地在那个周末驱车到了多伦多郊外的一处农舍。接待我的是一个美丽的年轻姑娘，她是狗的二道贩子，她家里有十几只不同品种的小狗，用围栏隔着。3只American Eskimo小白狗关在同一个围栏里。当我俯下身时，冬冬是第一个跳到我怀里的。我抱着它就不忍再撒手了。它是那么可爱，雪白的毛，绒绒的像个绒毛玩具。两只滴溜溜的大眼睛，黑黑的充满稚气，黑眼圈，黑鼻子头，黑嘴唇，与雪白的毛形成强烈的对比。没有任何讲价钱的过程，交了钱抱着冬冬就走，生怕卖家变卦似的。上了车刚开出十多分钟，冬冬扑哧一泡稀屎就拉到我身上，这就是见面礼啊。

抱回家往地上一放，小家伙就想跑，地板滑，它脚下直打滑，那份稚气可爱，至今难忘。

冬冬刚来时也就一只拖鞋那么大，一副楚楚动人的样子很惹人怜爱。我先生老觉得它8个星期大就成了没爹没娘的孤儿很可怜，就对它格外疼爱。遛狗时它老在人脚跟前跑，为了防止踩着它，我和老公各自摔了一跤。我摔得很惨，两个膝盖全部摔破，接着又感染，一个多月行动不便。

冬冬5个月大的时候，抢吃了一块烧鸭，鸭骨头划伤了食道，不能进食，通宵呻吟，我和老公抱着它抚摸着它陪到半夜三点。我在《文学城》宠物乐园论坛贴出一个求救的帖子，许多好心网友回帖献策，我就是采纳了一个网友的面包泡牛奶的办法治愈了冬冬的食道划伤。

冬冬是一只漂亮优雅的爱斯基摩犬。这种犬产自德国，最早出现在北美是在马戏团里做表演，无论是步态、体态、神态都十分讨人喜欢。它走路时步态轻盈、富有弹性，仿佛舞蹈演员在走舞步。它跑起来轻快敏捷、身姿矫健，在草地上跳跃，茵茵绿草上就会划过一道白色的波浪。它的卧姿也很美：两条前腿优雅地交叉在前面，像极了芭蕾舞演员双手交叉的姿势。就连撒尿，也带舞蹈姿势，撒完后把两条后腿抬得高高的在空中停留一两秒，像是拿大顶，动作的难度系数不小呢。带冬冬出去遛常常引来很高的回头率。许多人夸冬冬漂亮可爱，我高兴得像夸我漂亮似的。

◎ 8个星期的小冬冬

冬冬的智力在10个月左右得到了突飞猛进的增长。它学会了作揖。每次我们吃饭的时候，它就占据一个有利位置：在我和先生之间，这样可以左右逢源，左边作一个揖，我先生给一口食物；转过身右边作一个揖，我给一口食物。我们明知不应该给它吃人的食物，但是就是没有办法拒绝它的作揖和恳求的眼神。本来我们是用给食物教会它作揖的，不知怎么它会把作揖与其它乞求联系起来。比如，它看见我们出门，就会给我们作揖要求我们带它出去。我一直不明白这个小东西是怎样学会举一反三的推理的。

冬冬能从我们的衣着上判断出我们是不是要遛它。如果我们穿皮鞋出门，它就知道没戏，如果穿旅游鞋，它就兴奋得狂叫，一跳三尺高。

它还知道什么时候该干什么。看着我们忙，比方在做饭，它就静静地卧在厨房的地上，深情地注视着我们，从不打扰。而我们吃完了饭，洗完了碗，它就知道看电视的时间的到了，领着我们径直走到family room。卧在我们身旁，陪着我们看电视。它也知道什么时候该回它的小屋（一个小纸箱）睡觉。开始的时候，是看到我关了电视站起身来，后来是只要听见我说“睡觉了”，它便立即一跃而起，充满自信地头也不回地回到它的小屋。我觉得它真的是能听懂人话呢。

冬冬是我们家里尽职尽责的礼宾司长，迎来送往的工作做得十分出色。每天早晨，它都要把上班的送出门，两只前爪趴在门左边的落地玻璃窗边，把眼睛鼻子贴在玻璃上，每次我的车开出车库，开出drive way，只要回头，总能看到那玻璃上的3个小黑点。不知它是什么时候离开那个玻璃窗的。每次我回家，只要车子一上drive way就总能看见那玻璃上的3个小黑点，不知它在那里等了多久。每次看到那贴在玻璃上的3个小黑点，我都感动得要流泪。这么一个小东西，怎么这么深情。

我先生每天下午7点半左右回家，冬冬便在7点多一点的时候在门前守望，如果到点没回来，它就会隔一段时间到门前守望一会儿，有时会焦急地叫几声。当我先生的车子刚刚驶近，它就高兴得狂叫，叫声都变了调。我一直都不明白，它是怎么判断是自家人的车而不是路过的车。因为冬天是看不见外面的。我先生说是靠嗅觉，或者靠听觉，也许只有冬冬知道。

我的外甥女住在我家，她每天晚上十点半左右回家。那个时间是冬冬陪我们看电视的时间。我们的电视在family room（家庭活动室），离前门有一段距离，而且我们看电视时通常都把family room的门关得很严。冬冬也常常是卧在我们身边睡觉。但是，无论电视的声音多大，无论它睡得多香，往往是我们什么声音都没听见，便见冬冬一跃而起，“汪汪”叫着要我们开门，当它冲到门边，便能听到钥匙开门的声音。有一段时间它生病，几天不

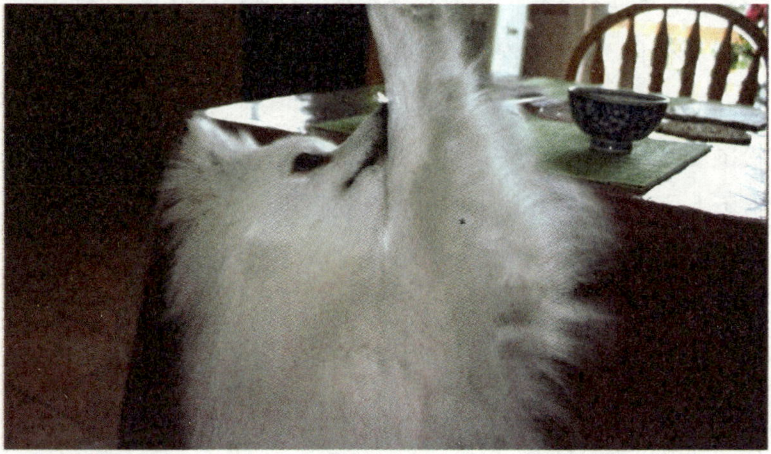

◎ 8个月的冬冬

吃东西，懒懒地趴在地上不动弹，但是，从来没有耽误过一次迎来送往的任务。它真是恪尽职守。我的外甥女去美国一个星期，冬冬每天夜里十点半左右一定要到门边等候，等不来便来来回回一次又一次地往门前跑，时不时失望地叫几声。看着它这副难过的样子，真让人心疼。事实上我的外甥女极少照顾它，但是它认为，她是家庭的成员，它有责任照顾好家庭的每一个成员。

冬冬对家庭成员的忠心表现在方方面面。它时时刻刻注意着主人的行动。它的深情的目光总是投注在主人身上。我家后院有一个游泳池，为了不让它跳到游泳池里，我们游泳时就把它关在厨房里。厨房与后院之间有一道玻璃拉门，冬冬可以在那里看到我们。我的游泳技术不怎么好，一次，我游到深水区没有抓住池壁，吓得大叫“老公救我”，在池子另一边的先生没有听到呼救声，冬冬却听到了，它失声地狂叫了起来。我想，如果它在池边，它一定会跳下来救我的。

冬冬又是一条极为尽职尽责的看家狗。只要有人有车接近我家，它就叫个不停。别看它个头小，只有十二三镑，但它的威慑力可不小。我家曾饱受小动物的袭扰。我种的草莓、葡萄十之八九都被松鼠偷吃了，我只能从松鼠口里夺食。自从有了冬冬，松鼠便收敛多了。冬冬只要一看见松鼠，便大叫着追赶，当然是追不上了，松鼠一蹿跳上树，冬冬便在树底下发威，直到把松鼠赶出我家院子。去年秋天，我第一次收获了 20 多磅葡萄，这都是冬冬的功劳。

我家的垃圾桶常常被浣熊打开，把垃圾搞得乱七八糟，冬冬现在又成了垃圾桶的守卫者。我们也曾饱受臭鼬之苦，自冬冬来后，就没再来过臭鼬。

自离家后，冬冬可爱的样子常常浮现在脑际。它的优雅，它的忠诚，它对主人的依恋，它的恪尽职守都让人想念。冬冬，下个星期二我就可以见到你了。我想象着你见到我的情景：首先，看见玻璃上的3个小黑点，接着，听见你狂喜的叫声。当我打开门，你就会扑到我的怀里，舔我，把小脑袋靠在我的臂弯里，把身子依偎在我怀里。然后，跟着我跑前跑后，欢快异常。快了，就要见到你了，我的小宝贝。

2008年6月20日

故园何处

家里来了个生客，一位年近60岁的白人男子，他首先自报家门：我叫David，是来寻故居的。原来他是我住的这栋house的第一个房主。他介绍，这个house是1967年建的。他的父亲花3.4万加元买的。院里的游泳池是他家建的，花了1.6万加元。我太吃惊了，建一个游泳池的价钱顶得上半个房子的价钱了。而现在，我们这个小区挂牌卖的房子接近200万加元了，而游泳池对许多华人来说已经是负担了，不但不令房子增值，反而减分。他说，花园里的柏树篱笆是他们种的。难怪长得那么高，那么厚！原来已经有50年的树龄了。3米高，两米厚的柏树篱笆是我的最爱，一年四季给我满眼的苍翠，也是这个区少见的。为此，我深深地感谢他。

他这里瞧瞧，那里看看，他说，几间屋子的墙纸是他们贴的。这让我大吃一惊，50年前贴的墙纸何以保持得如此完好，基本上8成新的样子。这说明两个问题，其一，墙纸质量好；其二，前几任房主维护得好。

他告诉我们，这条街的名字取自建筑商的姓氏，而该建筑商至今仍然住在离我们100米远的一幢房子里。他说，我家对门住的还是第一任户主，他仍然认得他。他一屁股坐在楼梯上，自如似在自己家里，回忆起了少年往事，眼里闪着一丝调皮的光。他说，那时这条街上有“tons of kids”（成千的孩子）！家家户户都不锁门，

◎ 花园里的柏树篱笆

孩子们到各家串门，一脚踢开门就进去了，畅通无阻。他说，他们在街上踢球玩耍，夏天泡在游泳池里，多少快乐时光留在了这里！“Every day was a happy day”。而今，这个社区已经是老人社区了，孩子很少。他摸着自己半秃的头顶，不好意思地笑了：“I am a grand father now，I have 2 grandsons”，他已经有两个孙子了。临走时，他说，夏天时他要带着两个孙子来游泳。我们说，欢迎。“此夜曲中闻折柳，何人不起故园情。”他走了，那一夜，我却失眠了。每个人都有故园情怀，我怎能忘记我们小时候住过的房子，怎能忘记小时候一起跳皮筋、打沙包、跳格子的玩伴。那时家家都不富裕，但是，少年哪知愁滋味，留在记忆里的满满的都是快乐，就像这个 David 的童年。那时我家住在一个铁路大院里，房子是连排平房，家家都有许多孩子。到谁家去也是不打招呼，一踢门就进去了。或者站在门外喊一声，打沙包了，大家就涌出来了。

我的出生地是我父亲的故乡，可我只是四岁以前在哪里呆过。长大后回去过几次，每次只是小住几天，丝毫没有家乡的感觉。

父亲在铁路工程局工作，流动性很大，所以自幼时起每三两年就要换一个地方。打我上学后，搬家就少了点。幼时成长的主要地方是山西榆次。后来在北京上大学。毕业后留校任教，在北京成家立业。细算起来，在北京待得最久。但我从来没有把北京当故乡。

那么，哪里是我的故乡呢？过去对这个问题想得不多。现在许是年龄的关系，故乡问题也常常萦绕心头。要说是“祖先流浪的最后一站”，应该算是父亲的家乡。它现在与我的联系是父亲的坟茔。为了给父亲扫墓，曾回去过几次，那是甘肃天水渭河边上一个美丽的小村庄，虽属贫困地区，可当地人却骄傲地认为是西北小江南。虽然有陌生感，但几次回去见到的人都很淳朴善良。最让我难忘的是我的三叔。记得那是1993年秋，我从新加坡回国特地到家乡给父亲扫墓，当天到当天走，没有惊动亲戚。当我扫完墓离开村庄时，远远看见一个老人踉踉跄跄呼唤着我的名字从远处跑来，我停下脚步，等待老人到来，老人气喘吁吁来到我面前，我才看清是我的三叔。70多岁的老人，跑得上气不接下气，却是为了给我送一篮苹果。每当我想起这一幕，就泪湿眼睫。从那时起，对家乡的人便多了一份亲切。

人到了一定年纪就特别思念儿时的光景，2006年，我远渡重洋去寻找我儿时生长的故园，然而，哪里有故园的痕迹！全部变样了，连街道的名字都变了。别说住过的房子没了，整个铁路大院都没了，甚至找不到一个儿时的玩伴。那一刻，我完全失落了，我童年生活的环境完完全全从地球上抹去了！只有记忆里还残留着那些模糊的往事。David 是幸福的，他可以找到他的童年。这一刻，我多么羡慕他！

中国快速的发展让许多人失去了故乡。仔细想想，在世界成为地球村的今天，我们能寻求的只能是“我心安处即故乡”了。

2019 年 3 月 20 日

用我的一生等候你

——电影《忠犬八公的故事》观后感

许是经多了看多了人间的悲欢离合，一般的影视作品已经很难打动我了，即便是有催泪弹之说的《唐山大地震》也没有让我太过悲恸。

可是，这样一部简单的电影，简单到甚至不需要听懂片中人物的对话；这样一部平淡的电影，平淡到既无曲折的情节，又无大的场景；这样一部喜剧风格的电影，即不煽情又不矫情，却让我泪水涟涟。看过好几天了，每当想到那只叫作八公的狗，还会泪湿眼睫。

小镇车站，冬日的黄昏。一只小狗，被装到木条箱子里托运，箱子从车上掉下来，木条箱摔坏了，小狗爬出了木条箱，在车站熙熙攘攘的人群中钻来钻去，成了一只无家可归的小狗。五十多岁的钢琴教授帕克（理查·基尔 Richard Gere 饰）每天在这个车站乘火车上下班。他无意中看见了这只小狗，俯下身去，爱怜地抱起了小狗，这一抱，就是一辈子，再也不能放下。

教授的妻子凯特（Cate，琼·艾伦 Joan Allen 饰）不喜欢狗，教授把狗藏在一个小纸箱里。当他与凯特亲热时，小狗爬出了纸箱，来到他们的卧室，去添凯特的脚。凯特吓坏了，坚决不允许把小狗留在家里。于是，他们打印出寻狗主启示（puppy fund），在小镇里四处张贴。而当有人打电话来认领这只狗的时候，接电话的凯特先是答应了，可是，当她望向窗外看见帕克在花园里与小狗玩得正欢时，她拿起了电话，说了一句“Sorry”，她知道，那只小狗已然是她丈夫的生命一部分，再也无法分开了。

电影用及其平实的手法讲述一个狗与人相处的故事，尽是不经意的小事，娓娓道来，点到为止，没有一点点的夸张和矫情，却真真实实地打动每一个人，因为我们从电影中看到了我们自己与狗相处的经历，从而产生共鸣，感到温馨。看到小狗与教授一起吃爆米花，想起了我的小狗冬冬与我一起嗑葵花子，你一粒，我一粒，一起咂巴嘴，遂会心地笑；看到教授与小狗玩球，秋田狗八公不喜欢玩球，教授为了教会它，便学狗的样子，趴着，用嘴叼球，想起了冬冬与我一起扯绒毛玩具老虎，扯过来拉过去，快乐得像回到童年。

教授对八公关爱照顾无微不至，八公对教授依恋不舍，人狗情谊水乳交融。教授去上班，把八公关在花园里。八公在篱笆底下刨了个洞，钻了出来赶到车站送教授；凯特把洞填了，八公飞跃篱笆跑到车站。没办法，只好由它。自此，每天早上八公送教授上火车。每天下午5点，八公准时出现在小镇车站出口处的花坛边，趴在一块石板上眼巴巴地望着车站进出的行人，当看见教授走出车站，叫出那一声熟悉的“Hachi”时，它便欢快地摇着尾巴，飞奔到教授身旁，跳起来扑到教授怀里撒娇，教授爱抚地拍拍它的头，它亲热地舔舔教授的手，然后乖乖地跟着教授回家。这一切已然成了一幕动人的情景剧，每天在小镇车站上演。小镇车站的站长，卖热狗的小贩，附近商店的老板娘及上下车的旅客都是这幕情景剧的忠实观众。

电影的导演极力避免煽情，导演莱塞·霍尔斯道姆笑着这么说：“希望电影温馨但不滥情，因此避开许多洒狗血的桥段。因为我希望它是一部喜剧，不应过于强调悲伤，而是单纯呈现人与狗之间的情谊。”因此电影中有一些很有趣的场景。八公风雨无阻地接送教授已经成了习惯。突然有一日，教授走出车站，没有见到八公，怎么回事？教授急坏了，飞奔回家，原来八公被一只臭鼬（Skunk）堵在八公居住的小屋里。狗儿通常都害怕臭鼬，因为它放出的臭屁会让狗儿痛苦万分。教授企图拿一只纸箱扣住臭鼬，不料被臭鼬一个臭屁熏倒。凯特回家不见了教授和八公，打开浴室，却发现他们两个浑身抹满了番茄酱。只有番茄酱可以洗去臭鼬的屁味，对此我深有体会，本人也领受过臭鼬的厉害。看到此处，又是会心的大笑。

人生难测，悲剧会随时降临。当一个人突然离去，最痛苦的是谁？当然是他的至爱亲人了。但是，这个答案却不一定正确。

教授突发疾病死在课堂里。那天早上教授离家时八公就有预感，八公先是狂叫着阻止教授出门，教授不明白，独自走到车站。八公追了上来，嘴里叼着那个球，要求教授与它一起玩球，教授高兴极了，以为他终于教会了八公玩球。教授的日本朋友曾经告诉过他，若秋田狗玩球那一定会有特殊原因。但是教授哪里懂得。八公无法阻挡教授，悲哀无望地看着教授离去。

教授离开了人世，教授的妻子卖了房子也离去了。教授的女儿安迪一家收养了八公。但是八公思念着教授，它不相信主人已经永远不会回来了。它偷偷跑出去，在风雪中跑到车站，趴到那个小花园的石板上，等着、等着、从五点等到八点多，等到夜幕降临，等到小站寂静无声。安迪找到它，把它带回家。它不吃不喝，呆呆地卧着，眼里满是忧伤。安迪抚摸着它的头，说，你一定要走，就走吧。八公在飘飞的大雪中来到了车站，找到一个废旧的车皮，钻到了车皮底下，从此，这就是它的家。这里离小镇车站很近。它每天按时到车站，趴在那块石头上，眼巴巴地望着车站进出的行人，眼睛里充满了期待、盼望。它盼望人群中会突然出现它的主人。然而，一天天的守望，一天天的失望。但它不放弃。它的忠诚感动了许多人，卖热狗的小贩给它食物，记者专门为它写文章。许多年过去了，一日凯特到小镇看帕克，在墓前见到了帕克的日本朋友。离开小镇时，在小镇车站看见了八公，她感动异常，抚摸着八公泪流满面。我想凯特一定有了自己的新生活，帕克只是凯特生命中的一部分，而他却是八公生命的全部。

小镇车站花园里的树木由新绿变为浓绿、枯黄，随风飘落，随后是大雪飘零；又是新绿、浓绿、枯黄、飘落，大雪；一年又一年，九年过去了，八公也从一只漂亮、活泼、矫健的狗，变成了一条老态龙钟、步履蹒跚的老狗，唯一不变的是车站花园石板上静静守候的身影，那身影仿佛一尊石雕，诠释着盼望、等待与忠诚。

又是一个寒冷的冬夜，老八公挣扎着从旧车皮下面爬起来，缓缓地，摇摇晃晃地走到车站花园，吃力地爬上那块石板，卧下，伸长脖子，把下巴放到石板上，用昏花的双眼注视着车站里来来往往的人群，最后，疲惫地闭上了眼睛。眼前，出现了它的主人，它飞奔而去，扑入主人的怀中。镜头缓缓转入小镇车站，风雪中，八公凝固在那个小花园的石板上了，带着幸福的神情。这一幕就像卖火柴的小女孩回到了天国，让人热泪止不住地流淌。

爱狗的影迷应该都知道此片翻拍自 1987 年的日本电影《忠犬八公物语》，并且都来自同一个真实的故事，讲述的是同一个老人，同一只狗，同一份厮守终生的忠诚之爱。

顺便说一句，这部好莱坞的翻拍片有许多成功之处，优美的音乐、干净的画面，到位的表演，简单清澈的感情却直达人心最深处，将我们的柔情唤起。影片结尾处，音乐再次响起，教授的外孙牵着属于他的天使——另一只八公，于铁路道上，渐行渐远。人类共同的情感，不会被遗忘，会一代又一代的延续。这情感，就是爱。

2010 年 11 月 26 日

历史在这里沉思

——试评《朗读者》

小说《朗读者》是近年来难得一见的好书。青年时捧起一本书就放不下，不吃不睡一口气读完的日子已经很遥远了。自认为是由于精力不济，眼神不逮的缘故。然而，当我捧起《朗读者》的时候，仿佛时光倒流，又回到了30年前，不吃不睡，一口气读完（当然，它不太长，133千字）。由此可见，真正的好书有多大魅力。

都说德国人爱思考，德国出了那么多哲学家便是明证。这本书虽然是一本小说，但作者对纳粹统治给人类带来的悲剧进行了深刻的思考。

书中的主人公米夏认识汉娜的时候才15岁，由于得了黄疸病而在回家的路上止不住地呕吐起来，一位36岁的陌生妇女照料米夏并送他回家，这就是机缘。由此引出了一段忘年之恋。

少年米夏与成年汉娜的爱情简单美丽。特别独特的是，在每次做爱前，汉娜都要拼命洗刷自己，仿佛要洗掉什么。在他们做爱之前或之后，少年米夏都要为汉娜朗诵一些文学作品的优秀篇章。他们的爱因此而变得优雅起来，少了一份肉欲，多了一份精神享受。而米夏的朗读却是此书的一个玄机，小说跌宕起伏的情节借此而展开。

如果仅仅是为了讲述一个情窦初开的小男孩和一个母亲级别的成熟女人的恋情，那么它充其量只是一个变态的恋情故事。小说之所以安排这么一种关系，完全是为了反映德国战后的一代对他们父母一代所犯的罪行的审视。当米夏得知自己曾经深爱的女人当过纳粹并且在一次对犹太人的迫害中负有责任时，他再也不能对那段历史无动于衷了。是爱，将米夏卷入了汉娜的罪责之中；是爱，孩子对他们的父母、亲人、老师和神父的爱将战后一代卷入了他们上代人的罪责之中。

以米夏为代表的战后的一代对他们的父辈很不满意，因为，他们认为，在第三帝国时期以致帝国垮台之后，父辈们根本就无所作为。父辈们或者直接犯下了纳粹罪行，或者对罪行袖手旁观，或者碰到罪犯就视而不见，要不就是在 1945 年后容忍罪犯、接受罪犯。怎样对待父辈呢？有些人为他们父辈的行为感到羞耻和痛苦，于是便与父辈们划清界限。而米夏的问题却不是那么简单。是他爱汉娜并选择了汉娜，这种爱对于米夏这一代来说，某种程度上是一种命运，是德国人的气数。

随着米夏的反省、思考，我们看到了“施图霍夫－纳茨外勒集中营”，似乎看见了以屠杀犹太人为职业的纳粹军官在完成了一天的杀人工作后挂在嘴角的满足及得意，与我们完成一天的工作就要下班回家的表情别无二致。他们杀犹太人只是在完成工作！这世间竟有这样无动于衷的杀人者！

那么，爱着有罪责的父母的战后一代怎样帮助父辈们认清他们的罪责呢？汉娜不识字，被判了刑。米夏就朗读文学作品，他把他的朗读制成录音带寄给狱中的汉娜。汉娜在狱中学习识字，读了许多有关集中营的书，开始反省自己。汉娜在刑满出狱的那天的黎明时分自杀而死。她把自己所有的钱留给了她负有责任的那次教堂大火中的幸存者和她的女儿。

由于作者哈德·施林克善于写侦探小说，他在书中暗设机关，悬念处处，故事情节紧凑。小主人公米夏以第一人称的手法来描写，心理活动刻画生动，又有对历史对人物命运的深刻思考，加之感情真挚，文笔优美，使得本书十分吸引人。

作者哈德·施林克在回答此书成功的原因时说：“人并不因为曾做了罪恶的事而完全是一个魔鬼，或被贬为魔鬼；因为爱上了有罪的人而卷入所爱人的罪恶中去，并将由此陷入理解和谴责的矛盾中：一代人的罪恶还将置下一代于这罪恶的阴影之中——这一切当然都是具有普遍性的主题。”本书的成功正是由于它深刻地阐述了这一主题。

2009年2月23日

犹记初到北美时

到过我家的人总是夸我家里布置得雅致，花园打理得漂亮。夸得我心里喜滋滋的。俺没有太大的野心，太多的追求，只求经营好自己的小家。目光所及都是悦目的，触觉所到都是舒适的，听觉所闻都是悦耳的。在加拿大多伦多，大环境处处赏心悦目，小环境自然也应该处处悦目赏心，这才是生活而不是活着。

我们有能力获得这样的生活是几十年辛苦打拼的结果。记得初到多伦多时，临时租住在 Downtown 的一间公寓里，所有的家具都是二手货。床是从一家要搬家的香港人那里花 100 加元买来的。书架、桌子、柜子是从日本人那里买来的。那时有不少日本公司外派的管理人员，他们通常在多伦多工作三四年后就回日本，可是，他们的家具都是上好的。我曾经在一家日本人那里买了两个书架，一个书桌，每件 5 元，还送到家。更让我吃惊的是，送到家的书架整整齐齐，那些支撑书架隔板的小木头豆豆都装到一个塑料袋里封好，一粒不少。把书架立起来像新的一样。日本人费这么大劲得 15 加元，图什么？我想他们图的是让物有所用吧。我的一个朋友家里的所有家具都是从日本人那里买来的二手货。他开玩笑说，除了老婆是原装的，其他东西都是二手的。新移民的生活，大体上就是这样开始的。

最有意思的是，买了床之后去买床罩犯了晕，一个双人床却有这么多种名堂：Twin size，Double size，Queen size，King size，看着这么多不同 size 的床上用品，不知道自己该买哪一种。只好回家把买来的二手床仔细量过，才知道是 Queen size。

后来发现，在多伦多的住宅区，可以捡到很好的家具。有些人家会把清洗得干干净净的布艺沙发、各种零件俱全的电器放在前院临马路的草坪上，谁都可以拿走。我的一个朋友捡了许多旧家具，有些品质式样都不错，他们用了很久。

依仗着在新加坡工作 7 年的积蓄，我们在移民多伦多的第二年就买了 house。在宽敞漂亮的 house 里用旧家具自然就有些不配套了。于是我们就开始一件一件地换新家具。有一个上海籍朋友说，上海人有个说法："一副象牙筷子配穷一个家"，此话不假。好的餐桌要配好的瓷器柜，瓷器柜里要有好的瓷器；餐桌上方最好有水晶灯。落地窗要配雅致的窗帘；客厅里要有舒适美观的沙

◎ 餐厅

◎ 客厅

◎ 家庭活动室

◎ 客厅

发，书房里要有好的书架书桌。总之，装饰好一个家，花钱花时间花心思是没完没了。别小看了窗帘，它对提升房间的气质起着画龙点睛的作用。为了少花钱买到满意的窗帘，我就像燕儿衔泥做窝一样，每次回国都背回两大箱子窗帘。就这样，今天添一个花瓶，明天添一个花儿，年底在著名的 William Ashley 清仓时买上等的 Royal Doulton 或 Royal albert 瓷器，一个家就慢慢地赏心悦目起来。

晒几张家里的照片。

2019 年 3 月 15 日

夜读董桥

读董桥一定要在夜晚，而且最好是月夜。那月色还要旧，若旧不到秦时，最近也要民国。董桥爱说自己是文化遗民，有一方“董桥痴恋旧时月光”的闲章。读董桥，光有旧时月色还不够，最好要洗手焚香，再伴上古琴。当香烟袅袅、琴声悠悠时，用纤纤素手，慢慢翻开他的《旧时月色》，那旧时的景象、旧时的人物就在旧时的情调里鲜活起来，你仿佛穿越了时光隧道，不知不觉地置身于那旧日的时光。比如他的《旧日红》里的萧姨，形容举止活脱脱一位民国时的江南名媛。先看长相：“细腻的粉红肤色衬着精巧端庄的五官，简直钱慧安的淡彩工笔仕女”；再看衣着：“一件粉蓝旗袍，套上一件薄薄的墨绿毛衣，‘冷艳全欺雪，余香乍入衣’”；当她用苏白嗲嗲地念出“曲终过尽松陵路，回首烟波十四桥”时，你会怀疑她比民国还旧，有点红楼梦中人的味道哩。

文化遗民讲品位，养的是心里一丝傲慢的轻愁。董桥欣赏李嫒嫒，他能从李嫒嫒矜持的颦笑中找到宋家姐妹气韵里那种久违的民国味。李嫒嫒是一抹妩媚的柳梢月色，让带着傲慢轻愁的文化遗老所倾倒。董桥欣赏张铁林，他对张铁林专玩小文物有一番独到的见解：“硬是舍了大片云海一心依恋一勾新月的小襟意识，没有高远的学问到不了这境界。”

初读董桥，是在新加坡。那时常常在新加坡的华文报纸《联合早报》的副刊上读到让人心头一动的文字。能在没有四季的新加坡读到春花秋月，读到唐诗宋词里的意境，宛如一阵久违了的春风拂面而来，它不但带给我一阵沁人心脾的清凉，还带给我一抹说不清道不明的惆怅。我想那惆怅大概就是思念四季的浓浓的乡愁。在新加坡这个文化沙漠里读到董桥，就如同在荒漠里偶遇一汪清泉，先是惊喜，继而赞叹，然后慢慢地享受。想想初遇董桥已是27年前的事情了，自那之后便买了好几本他的书，于细细赏读慢慢品味中咂巴出了中华文化的沉香古韵。

2019年4月27日

第五部分

走遍世界

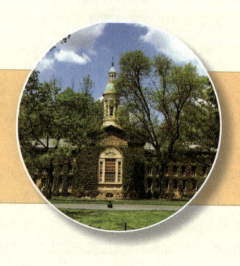

基因中携带的爱好

——旅游

由于我的父亲在铁路工程单位工作，我的家就随着铁路的延伸而迁徙。火车的隆隆声就是我的摇篮曲。自记事起，坐火车就是家常便饭。记得小时候的理想是当列车广播员，以为这个职业可以走四方。最喜欢坐在火车里看车窗外的风景，广阔的田野，茂密的森林，与铁路相伴的河流，都是那么迷人。

及至中学后，由于大量阅读世界名著，打开了眼界也打开了对更遥远的风景的向往。冥冥中的命运就是这般神奇，去外面的世界看看居然成了现实。

更有趣的是，我的先生也是一个旅游狂人。所以我们年年都会出去旅游。有的是早早安排，有的是兴致所至，说走就走。记得那是 1998 年 10 月，移民多伦多的第二年。一天早晨起床后，突然意识到这是加拿大的感恩节长周末，有三天假期。去哪里消磨这三天呢？我说："我们去纽约吧，还没去过纽约呢"，老公说："好"，于是我们跑到 CAA 去拿地图。匆匆整理了行装，便开着我们买来的二手 Ford 车上路了。车没有开到纽约就天黑了，转了许久找不到旅店，只好在车里过夜，冻了个半死。到纽约后车又坏了，图便宜找了一家黑人开的修车店又被宰。基本上没有怎么玩纽约。但是我们不后悔，沿途极其美丽的红叶给我们留下了难忘的印象。

通过旅游，我见识了大自然的瑰丽多姿。在美国大峡谷边，我感受到人的渺小；在尼亚加拉大瀑布旁，我被如千军万马奔腾咆哮的瀑布所震撼；在黄刀镇的极光下，我为大自然神奇的瑰丽光彩而惊叹；在黄山上，我为忽隐忽现的缥缈仙境而恍惚；在加勒比海的许多海滩上，我为洁白的细沙、清澈的海水、温柔的海风而陶醉；在阿岗昆的十月，我迷失在五彩枫林中，如醉如痴！大自然的多姿多彩净化了我的灵魂，让我得到多少无法言传的享受！

通过旅游，我见识了人类最杰出的创造，也见识了人类最残暴的罪行。在罗马、巴黎、阿姆斯特丹、斯德哥尔摩、伦敦、爱丁堡、米兰、维也纳、德累斯顿、布拉格、布达佩斯、圣彼得堡，我被那些美轮美奂的建筑、无与伦比的艺术深深吸引，为人类文明的辉煌壮丽而赞叹；但是，在奥斯维辛集中营、在纽约“9·11”的废墟前，我又为人类残酷的暴行流泪。

通过旅游，我找到了少年时期精神偶像的寄存处：在巴黎圣母院里，我仿佛感受到了雨果悲天悯人的宗教情怀；在布拉格的街头，我似乎找到了米兰昆德拉的精神寓所；在迈阿密 Key West 的海明威故居里，我看到了铁汉海明威的柔情——那些无处不在的六趾猫；在普林斯顿，我走过爱因斯坦走过的小径；在日本的京都奈良，我似乎回到了大唐盛世！

是旅游，让我看到了不同的风景，遇到了不同的人，了解了不同的世界。可以说，旅游，不但增加了我生命的广度，也拓展了我生命的深度。

2019 年 3 月 3 日

一个秋天的童话

——加拿大安大略省立公园阿岗昆和蜜月湖赏枫记

加拿大安大略省阿岗昆省立国家公园的面积7630平方公里，有10个新加坡那么大。其中有大大小小2500个湖泊。每年十月上旬，是阿岗昆最美的季节。此时深入阿岗昆，处处是美景，语言无法诉说，镜头无法展现的美，铺天盖地而来，让人惊叹大自然的恢宏壮丽。

深秋时的阿岗昆，写满树叶的都是秋的美丽。那鲜红的、绯红的、橘红的、粉红的、金黄的、灿黄的、黄中带绿的、绿中带红的、嫩绿的、浅绿的、深绿的、绿色镶红边的、黄色镶红边的、绿色镶金边的，你可以找到所有颜色的组合。如果说大大小小的湖泊是颜料，那么大大小小的叶片就是画布，上帝肯定是饱蘸了

◎ 阿岗昆枫红

◎ 进入阿岗昆

◎ 湖边的红枫

各种颜料在树叶上尽情涂抹，涂抹出这样一片灿烂。这宏大壮丽的工程只有上帝能够完成！

◎ 红枫倒影

如果说阿岗昆的红叶是五彩云霞，那么一个个清亮的湖泊就是闪闪的星辰。星辰与云霞同时出现，怎能不是人间奇迹！

如果说阿岗昆的红枫是一个个身穿彩裙的天使，那么一汪汪湖泊就是天使梳妆的明镜。这么多天使聚集在这里，怎能不使人惊艳！

如果说阿岗昆是

◎ 飘落的红枫

◎ 红枫似火

◎ 红枫醉人

◎ 枫光湖色

一首交响诗，那么，每一片枫叶就是一个美丽的音符，音符掉到湖里，发出清亮的声波，声波在湖水中荡漾，奏出的乐曲怎能不让人沉醉！

来也匆匆，去也匆匆，从春的活泼泼的嫩绿、夏的深沉的墨绿到秋的绚丽艳红，枫叶走过了匆匆的一生。也许是遗憾生命的短促，也许是不甘平庸的坠落，

◎ 蜜月湖景 1

枫叶的生命终止在最美丽的时刻，给生命画了一个轰轰烈烈的句号！

在阿岗昆的南面，有一个美丽的湖泊叫作 Musikoka Lake。不

◎ 蜜月湖景 2

◎ 鸿雁惊飞

知是谁把它翻译成蜜月湖。一汪湖水守着两岸红枫，再配上蓝天白云，的确是度蜜月的好地方。

一艘邮轮，载着一船游客穿梭在蓝天碧水红叶绿树间，沿岸的景色如一卷彩色画轴徐徐展开，一个个掩映在彩林中的湖边别墅渐行渐近，别墅形状各异，但几乎家家都有船坞。

若是夏天，会看到别墅露台上的小姑娘在游船驶近时跳舞翻跟斗，有时还会把白花花的肚皮露出来，纤纤细腰姣姣面容。还没等到她完成一个舞姿，还没等到船上的游客看清小天使的面容，舞台便渐行渐远，把小女孩未尽的兴致和游客惊艳的目光留在波光浪影里。

◎ 2010 年 G8 会议会址

◎ 2010 年 G8 会标

在游船前表演的，不仅有小女孩，还有鸿雁，悠悠地游水的加拿大鹅，在船儿驶近时，展翅高飞，浪花里飞出一片惊鸿，带给游客一阵惊喜。

蜜月湖附近的风光丝毫不减阿岗昆，那里是加拿大安大略省著名的度假胜地。2010 年的 G8 会议曾在不远处的 Huntsville 举行。没有惊动百姓，没有奢侈的设施，全世界最强的八国首脑静静地来，静静地开会，静静地走，只留下一幢小楼在绿草红叶中孑然傲立。

有清华校友为此美篇美景作《沁园春》一首如下：

美景云来，一派壮秋。唤谁人绘出，绛红枫叶，湛蓝湖泊，黛绿花洲。衣着锦霞，星辰镶就，天使翩翩兴未休。清幽里，响铮琴雅瑟，风奏天讴。

匆匆来去悠悠。不枉此行人间滞留。历春梳妩媚，夏燃炽热，秋披绚丽，色染平畴。何负光阴，不堪坠落，慷慨平生却骤收。莫嗟叹，有辉煌一刻，壮志曾酬。

蒙特利尔和魁北克城

去过蒙特利尔和魁北克城两次了，都是在夏天，而且是开车去的。此次去这两个地方主要是基于两个想法，其一，想要在加拿大尝尝乘火车的感觉，其二，想要过一个不一样的圣诞节。没想到这个计划让我们免受了几天冰雨灾害，还真的给了我们一个不一样的圣诞。

在多伦多中央车站乘上开往蒙特利尔的火车，发现没什么特别，车速很慢，与中国的高铁相比肯定落后许多。车窗外是无边无际的水晶树林，看来冰雨的受灾面积很大。

火车抵达蒙特利尔时天已经黑了。出了车站，便是一片白茫茫的世界，显然下过很大的雪。路上行人稀少，路标又是法文，虽说我们入住的酒店离车站很近，但是我们茫茫然不辨南北东西，好不容易看到一个中年黑人妇女，便赶紧抓住问路。此人甚是热情，调转方向把我们带到酒店门口。让我们感动了一把。想到她要在零下十几甚至20摄氏度的寒风中多走一段路，让我对黑人的好感又加了几分。后来才知道我们完全不用出站，蒙特利尔像多伦多一样，地下通道四通八达，走地下通道，到我们入住的酒店就几步路而已，不但近，还不用受冻。

希尔顿酒店平时很贵，但圣诞节期间却相当便宜。酒店设在一座高层建筑的第十二层，让人惊叹的是有一个露天的游泳池，这游泳池就建在楼顶，池边有参天大树，皑皑白雪环抱着一池热

◎ 蒙特利尔诺特鲁丹姆大教堂

水，热气冉冉升腾在冰天雪地里，让人觉得虚幻缥缈，仿佛天诞温泉。由于没有带游泳衣，无法领略在冰天雪地里游泳的滋味。我站在玻璃窗前看游泳池中悠游的人们，那一刻悔得肠子都青了。

圣诞夜我们在酒店的餐厅用餐，虽然都是西餐，但是这家酒店的菜肴非常精致，味道也很好，只是量太少。环顾四周，用餐的人还真不少。都说法国人漂亮，此话真的不虚。就这个不大的餐厅，举目望去，帅哥美女就一大把。法裔有着西方人清晰的轮廓，东方人柔和的线条，举止优雅，穿着得体，看着很是舒服。

第二天我们参观了举世闻名的诺特鲁丹姆大教堂。虽说2005年去欧洲时游览过梵蒂冈、法国巴黎、意大利米兰、德国科隆的世界最有名的顶级大教堂，我们还是被诺特鲁丹姆大教堂给镇住了。

此教堂建于1829年，采用新古典主义风格，观之大气磅礴。走进教堂，与蓝天一色的拱顶和背景，让人觉得天堂就在眼前。教堂内装饰的精美豪华令人叹为观止。无论是用色还是手工，无处不精致、庄严而华贵，虽色彩缤纷却高雅和谐。进得教堂，立马让人产生肃穆感，谁都不敢大声说话，生怕惊扰了天堂里的上帝。在那里静静地坐一坐，灵魂似乎都得到了净化。此教堂有全世界最大的管风琴，据说共有7000根风管，若是它们一起鸣奏，将是怎样的气势！老公说他一定要去参加一次蒙特利尔交响乐团在此教堂举办的莫扎特演奏会，可以想象7000根管风琴齐鸣的恢宏效果。

仅仅是这个教堂就让人觉得不虚此行，若是在春夏秋三季，可看的景点就更多了。我们目的不在其他景点，看完大教堂就心满意足地奔向魁北克城。我们在暮色中进入魁北克城。甫一进魁北克城，我们就被浓浓的圣诞气氛包围了。只见每家每户都用尽心机装扮圣诞，每栋房子都艳丽无比，每栋房子都别致精彩，没有雷同，五彩缤纷却不杂乱，色彩艳丽却不落俗套，真的打心眼里佩服法裔的审美情趣了。

◎ 圣诞窗口装饰

我们在一家法式老餐馆用餐，在这里

◎ 圣诞装饰

我们吃到了老祖母肉圆，与我们的四喜丸子相似。餐馆的菜色一般，但爱极了它典雅的欧式风格，外观像圣诞卡里的景色，内里是老祖母般的舒适温馨。

看看这些窗口，夏日里是鲜艳的鲜花，冬日里是比鲜花还要艳丽的圣诞装饰。无论是鲜花还是圣诞装饰，都透着精致细腻，一丝不苟，处处都彰显着一种品位。

看看这些街道，夏日里是鲜花环绕的露天酒吧，人们坐在栏杆里，手里拿着各种形状的杯子，杯中是各种颜色的饮料，悠闲地品着饮料，欣赏着满街的帅男美女。这里没有匆匆的脚步，没有紧锁的眉头，人们在细细地品咂生活的滋味，那是一种精致、优雅、闲适的风情，任光阴在杯中流淌，让身心在200年前的巴黎小街中徜徉。心中羡慕着：这才叫生活。

这里曾经是法国军队据守魁北克城的要塞。不远处是宽阔的圣劳伦斯河，夏日里河水清澈，碧蓝色的河水伸向天际。站在这里眺望远方，让我有站在镇江的北固山眺望长江之感，若是辛弃疾站在这里，定会吟出另一首千古名作。加拿大历史不长，但是这里也曾发生过改变历史的战争。早在 1535 年，一个叫作 Jacques Cartier 的法国人代表法王法兰西一世到北美探险。此后许多法国人沿着大西洋来到这里，他们发现这里有许多水獭，它们华贵的皮毛是法国贵夫人的最爱，于是大量商人来到这里建立殖民地并成立新法兰西公司。1663 年法王路易十四取消新法兰西公司的特许权，魁北克成为法国的行政省之一，这个行政省要大过法国本土。为了争夺殖民地，从 1756 年开始，英法两国就打得难解难分。1759 年 9 月 13 日，由英国的 Louis Joseph 指挥的英军

◎ 作者于魁北克要塞

◎ 魁北克城夜景

在魁北克城要塞与由 Marguis De Montcalm 指挥的法军展开决战，整场战役一共打了 30 分钟，却结束了长达 3 个月的攻城战以及改变了魁北克乃至加拿大的命运。这一仗英国人胜得侥幸，法国人败得窝囊。此后不久魁北克就归英国管辖。但是法国人一直不服，几百年来魁独势力从未消停过。历史上曾经有过两次魁北克独立的公民投票，最近一次在 1995 年。此公投于 1995 年 10 月 30 日举行，49.42% 选民认同魁北克应脱离加拿大，50.58% 选民反对，反对方险胜。投票的数字如此接近，历史的天平又一次微微倾向英裔。但是，失败的一方没有找茬闹事，而是平静地接受了公投的结果。赢方赢得磊落，输方输得大度，这就是公民的民主素质。要是放到民主政治不成熟的国家，还不知要闹出多大动静来。

到过的地方可谓多矣，然最爱的还是魁北克城。爱它的理由有很多，比如说它别致、精致、美丽、优雅。但是细细想来还有更重要的理由，就是这小城里居民和游客的素质，同样是熙熙攘攘，这里游人虽多却依然让人觉得宁静安详，那是因为人们都不大声喧哗。同样是商店林立，但是却不让人厌烦，那是因为商店不拉客。进得店里，店主笑靥如花却不主动推销，给人们一种自由逛商店的悠闲。当然，无论是游客还是居民，相貌端正、衣着得体、举止优雅、态度祥和也是让人感觉舒服的原因之一。

从西海岸的温哥华到东海岸的爱德华王子岛，我几乎横穿了六七千公里的加拿大东西两岸，所到之处无处不美。我常想上帝何以如此厚爱这片土地，让加拿大人拥有辽阔的国土，丰厚的资源，富饶的土地，丰沛的水源，难道是因为加拿大人侍奉上帝更殷勤?

2014 年 1 月 18 日

爱书人的朝圣之旅

——寻找伦敦查令十字街 84 号

《查令十字街 84 号》（英语：84 Charing Cross Road）是由海伦·汉芙（Helene Hanff）于 1970 年撰写的一本书籍。

故事发生于二战结束后没几年，那时物资缺乏，奇货可居。喜爱二手书籍的海伦在纽约当地报纸上发现一则广告，来自英国伦敦查令十字街 84 号，专精绝版书。绝版书在纽约奇贵，海伦没有固定收入，她是自由撰稿人，空闲时帮人看小孩。于是她在 1949 年 10 月 5 日给广告上的旧书店写了一封信，列出了寻买旧书的书单。10 月 25 日收到回信，她书单上一大半的书如愿以偿，而且在她预算范围之内，略有小余。从此开始了长达 20 年的邮购。

她通过邮购书籍与二手书店的店主及员工结下了深深的友情。他们之间书信往来是友情的见证，也是海伦对二手书的睿智见解的评论集合。海伦把 20 年来的通信集结成书，于是便有了这本爱书人的掌上明珠的通信集。进而，位于伦敦闹市区的查令十字街 84 号也成了爱书人的圣地。

海伦爱书，最爱别人读过的书，她说："我喜欢扉页上有题签、页面写满注记的旧书；我爱极了那种与心有灵犀的前人冥冥共读，时而戚戚于胸，时而被耳提面命的感觉。""我着实喜爱被前人翻过无数遍的旧书。上次《哈兹里特散文选》寄达时，一翻开看到扉页上写着‘我厌恶读新书’时，我不禁对这位未曾谋面的前任书主肃然高呼‘同志’！”海伦痛恨脆生生的新书页，说他们死白，黄旧书页上残留前主人们的痕迹绝对更有故事，柔如炼乳。冬天她要大部头的书，春天便随意起来，只要不是雪莱和济慈的诗就行，一小本，揣在外衣口袋里，到中央公园里翻翻。

海伦爱书，不仅爱书的内容，还爱书的装帧。她说：“今天收到你们寄来的书，斯蒂文森的书真是漂亮，我捧着它，生怕污损她那细致的皮装封面和米黄色的厚实内页，我简直不晓得一本书竟也能如此迷人，光抚摸着就教人打心里头舒服。”

这么装帧精美的书是书店的主人弗兰克从贵族家里收购来的。一个正直、稳重、敬业的英国绅士精心地为纽约的单身女作家寻找她想要的书，其中就包含着同是爱书人的心灵相通的无言的温情。而妙语连珠的海伦与弗兰克之间的通信，碰撞出惺惺相惜却又似雨似风又似雾的朦朦胧胧的情愫是那样的耐人寻味，从未点破却温暖着人心。

书为媒信为使，当海伦从英国邻居那里了解到英国“二战”后重建期间每人每月只能吃一个鸡蛋，每家一周两盎司肉时，她便愤愤不平：“隔着汪洋，我在美国此端遥寄我对你们的祝福——‘美国’，好一个‘坚定的盟邦’！当它一掷千金帮日本、德国从战争中‘复苏’时，却眼睁睁看着英国同胞饱受饥馑之苦！皇天作证，总有一天我要亲自去英国，当面为它向你们道歉。”此后她就开始往大洋彼岸邮寄食物。她第一次就寄了六磅火腿肉。在相当长的一段时间里，火腿、香肠、鸡蛋源源不断地从纽约寄到伦敦查令十字街那个小书店。要知道海伦并不是一个富有的人，她只是为剧团修改剧本，为电视剧写剧本，还要靠帮人看孩子补贴家用，收入并不稳定。

海伦的善良、仗义，使小小旧书店的每一个人都喜爱她。渐渐地，与店主的通信扩大到了与店员们的通信。那一封封信件不仅展现出读者和店家的友情，展现出买卖中的诚实无欺，还让我们了解了战后英国人的生活，他们过得相当清苦，以至当一个店员的女儿收到海伦寄来的圣诞礼物——长筒丝袜时竟喜出望外！

人间最美是真情，买书人与卖书人之间20年的通信靠的就是真诚互信的情感。买卖关系变成了朋友关系，正是这种现代社会稀缺的因素使我们珍爱这本通信集，并且喜爱海伦和书店的店员。

海伦一直想要去伦敦亲眼看看这家小书店，但是她一直没有足够的路费而未能成行。但她常常想象着书店的模样："这是一间活脱脱从狄更斯书里头蹦出来的可爱的铺子，让人见到了，不爱死了才怪。店门口陈列了几架书，开门进去前，我先站在外头随意翻阅几本书，好让自己看起来像是若无其事地逛——走进书店内，喧嚣全被关在门外。一阵古书的陈旧气味扑鼻而来，我实在不知道怎么形容，极目所见全是书架——高耸直抵到天花板的深色的古老书架，橡木架面经过漫长岁月的洗礼，虽已褪色仍放光芒。"

多么迷人的描绘，为此，作为一个爱书人，当我读完这一段后，我便给自己定下了一个目标，此生一定要去伦敦查令十字街84号去完成一段朝圣之旅。

2018年9月5号，到达伦敦的第二天（9月4日午夜到伦敦），便去寻找那间小书店。

查令十字街位处伦敦闹市区。没有费太大功夫就找到了街区，但是找了半天也找不到84号，原来期待的是一间书店，但是看到的却是一间麦当劳，无法相信。

仔细看门右手的墙面上有一个黑色的标识：从那些模糊的字迹中勉强可以辨认出“84 Charing Cross Road，the Bookseller”。

◎ 作者在查令十字街84号前留影（原来的旧书店已经变成了麦当劳）

啊，这就是我的圣地？！精神斗不过物质，填饱肚子比填饱大脑更重要！留影做个纪念吧。

在附近遛遛，发现还有几家残存的旧书店，从外面看，还不算太冷清。

朝圣之旅让我感慨万千。在网络文学和电子书店的冲击下，一间间书店倒下去。快餐文化导致人们渐渐没有了读大部头书的兴趣。看看无处不见的拿着手机的低头一族，真担心再过几年是否能够闻到书香。更别说找到那种在书页中有注释的二手书了。

悻悻然搭乘返回旅店的地铁时，特别注意了伦敦地铁的乘客，居然有不少捧着纸质书的人！也许我不该太过悲观，纸质书还是无可替代的。且不说那捧在手上的踏实感是电子书无法替代的，要是想在书页边上写下点感想什么的，唯有纸质书可以做到。

世界在进步，科技高歌猛进，有多少传统行业被现代化的潮流冲击得片甲不留！我只希望，书店不要全部倒下，人们在填饱肚皮满足物质需求的情况下，精神的饥渴也需要填饱。

2019 年 1 月 28 日

普林斯顿的早春

每个人心中都有一个名校情结，看看海外华人孩子爬藤的热闹，便知此言不虚。我也不能免俗，对普林斯顿大学仰慕久矣，一睹它的芳容是许多年的梦想。

普林斯顿大学是美国五大顶级名校之一，位于美国新泽西州的普林斯顿，是美国一所著名的私立研究型大学，八所常春藤盟校之一。学校于 1746 年在新泽西州伊丽莎白镇创立，是美国殖民时期成立的第四所高等学院，当时名为“新泽西学院”。1756 年迁至普林斯顿，并于 1896 年正式改名为普林斯顿大学。

虽然普林斯顿大学闻名遐迩，而我对它的了解却十分有限，仅知道爱因斯坦、纳什、冯·诺依曼和图灵与它有关。

2018 年的 5 月初，在山茱萸盛开的季节里，我来到了这所著名的大学。我原本是想寻觅几颗珍珠，却发现了一个宝库。

这里曾是相对论大师爱因斯坦的乐园，他在此度过了生命中最后 22 年美好时光，并发出了这样的感叹：“我舒服得像一头冬眠的熊，在颠沛的一生里，从未有过如此像在家里一样的感觉！”

这里曾是大师冯·诺依曼和图灵灵感产生的宝地，他们的奇思妙想奠定了信息革命的基础，因而彻底改变了人类的生活方式！作为一名计算机从业人员，我对他们充满了景仰。

这里曾是数学大师安德鲁威尔斯(Andrew Wiles)的数学天堂，

◎ 普林斯顿校园

他在这里用了七年时间最终攻克了长达 350 年的世界数学难题费尔马猜想。

这里曾是博弈论大师纳什的求学及安身立命之地，这个精神错乱的天才在这里度过了他传奇的一生。

这里是美国政治家的摇篮，从这里走出了两位总统和 44 位美国州长。

这里曾经是文学界姹紫嫣红的园地，当代最著名的大诗人艾略特在此冥想玄思，它是驱动人类前进的原动力。

至今，已经有 63 位诺贝尔奖得主、21 位美国国家科学奖得主、10 位图灵奖得主及 5 名美国国家人文奖章获得者，曾经或正在是普林斯顿大学的毕业生或教职员。还有众多华人学术精英（陈省身、杨振宁、李政道、崔琦、田长霖、余英时等），在这里为人类文明做出了贡献。

普林斯顿的早春是一树一树的花开，是满眼的绯红叠翠，是微风拂面的惬意，是樱花匆匆谢了春红，山茱萸、紫藤、玫瑰次第绽放的热闹；是怀揣敬意的膜拜，是寻访天才的最美的季节。

普林斯顿大学地处新泽西州的普林斯顿，在纽约和费城之间。小城普林斯顿位于新泽西州西南的特拉华平原，面积约为 7 平方公里，东濒卡内基湖，西临特拉华河。普林斯顿大学的景色幽雅，四周绿树成荫、碧草茵茵，清澈的河水环绕着小城静静流淌，恬静而又安详。浓浓的文化氛围笼罩下的贵族气息，使普林斯顿大学成为美国上层人士子女青睐的大学。

美国的大学通常没有校门，但是普林斯顿大学却有一个小小

◎ 普林斯顿的校门

◎ 普林斯顿校园里的樱花小径

的校门，而这个校门与哈佛大学的校门一样有一个美丽的传说，就是本校的学生一辈子只能通过两次，入学和毕业，中间通过就可能毕不了业哦！

“花径不曾缘客扫”，校园里不仅有满满的书香，还有满满的花香，这一径樱花让人不忍落脚。

普林斯顿大学的建筑都很古典，这个建筑是有名的 Nassau Hall，有人把它翻译为“拿骚”，将一个高雅的学府殿堂叫作拿骚有辱斯文，所以普林斯顿官方翻译是“纳索”。引用一个网友的话说，“当年，这是它唯一的建筑，英皇威廉三世给起的名儿。后来，华盛顿将军搞分裂，闹独立，打响了‘普林斯顿战役’，该大楼成了英军军营和军医院，华盛顿用加农炮轰它，但它太结实，竟千疮百孔地活了下来。现在，该大楼是普林斯顿大学的主楼，行政核心，但 1783 年它曾是国会大厦，每年开‘两会’的地方，那时普林斯顿是首都。所以，如果有人问，美国有过几个首都，一定要知道，有普林斯顿市、纽约市、费城、华盛顿特区。4 个城市南北排列，基本等距离，普林斯顿在纽约市和费城正中间，费城再往西南多走一点儿路，是华盛顿特区。

华盛顿曾在拿骚大楼里举行典礼，送给普林斯顿大学 50 枚金币，奖赏师生们对独立战争的支持。”

纳索堂前面有两个绿色的老虎，是普林斯顿大学的吉祥物。

这些建筑是学生宿舍，2001 年好莱坞第 74 届奥斯卡金像奖获奖电影《***A Beautful Mind***》（中文译名《美丽心灵》）的部分场景就是在这里拍摄的。该影片是博弈论大师纳什的传记。那个电影让我第一次清楚地了解了天才和精神病人的世界。站在这片建筑前面，我不知道哪扇窗户上曾经有纳什复杂的数学计算公式，但是我相信眼前的场景就是纳什常常看见的那个虚幻的室友查尔斯和他的外甥女的地方。纳什生病后无法正常工作，但是，普林斯顿以它宽厚的胸怀庇护他，让他在精神错乱之后得以安定回归

◎ 普林斯顿纳索堂

◎ 普林斯顿的吉祥物

正常人生轨道。那古老典雅的哥特式建筑墙上随风飘动的长春藤窸窸窣窣，仿佛在永不停歇地讲述着美丽心灵的故事。纳什后来得了诺贝尔奖。

这个有着浓浓的文艺复兴风格的建筑叫作 Alexander Hall，里面可以举办音乐会，也是演讲的礼堂，很多名人在里面演讲过，包括克林顿夫妇、科菲安南、赖斯、鲍威尔等；走近看看外墙壁上的雕塑吧，那是耶稣和他的 12 个门徒。

◎ 纳什住过的学生宿舍

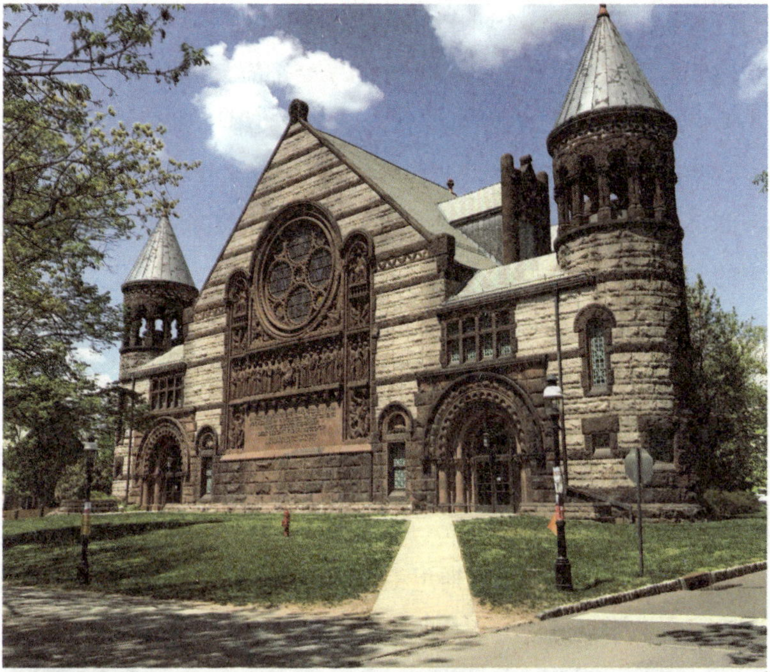

◎ Alexander Hall

美国曾经在普林斯顿建校 250 周年时以此建筑发行了纪念邮票。

我们寻访的主要目标是数学系所在的大楼，叫作 Fine Hall。因为声名显赫的普林斯顿高等研究院，简称 IAS 就在数学系的楼里。它 1930 年成立，是世界著名的理论研究机构，但并不是普林斯顿大学的一部分。它成立之初聘任的四位教授，个个是领军人物：大名鼎鼎的爱因斯坦，计算机的祖师爷冯·诺依曼，数学大师也是图灵的导师的导师维布伦等。研究院虽然和大学没有互属关系，但是有很深的渊源。研究院最早是借用普林斯顿数学系的办公室，主要人员如冯·诺依曼、维布伦也来自数学系。研究院的许多教授也同时兼职普林斯顿教授。从 1933 年研究院开工到 1939 年迁往他址，研究院的大师们和普林斯顿数学系的师生们有 6 年时间挤在这个叫作 Fine Hall 的数学系楼里。物理学泰斗爱因斯坦以及两位计算机科学之父冯·诺依曼和图灵曾一同挤在小楼里面工作学习，Fine Hall 摊上了多少荣耀！

我们绕着数学系大楼转了一圈，好不容易找到了入口，进了一间办公室，询问后被告知这个 Fine Hall 是 1965 年新建的。原来的 Fine Hall 另在他处。

千辛万苦找到一个名叫 Jones Hall 的大楼，被告知是原来的 Fine Hall。证据呢？找了半天，在 Jones Hall 的楼底转角处，找到了花体字 Fine Hall。另一面是 1930，哈哈，如此有名的历史性建筑却悄悄躲藏在一个角落里，真的是低到尘埃里，卑微得让人心痛。

好不容易打探到爱因斯坦工作过的办公室，里面坐着一个中年女子，非常淡然地说，是的，爱因斯坦曾经在这里工作过。没

◎ 爱因斯坦工作过的办公室

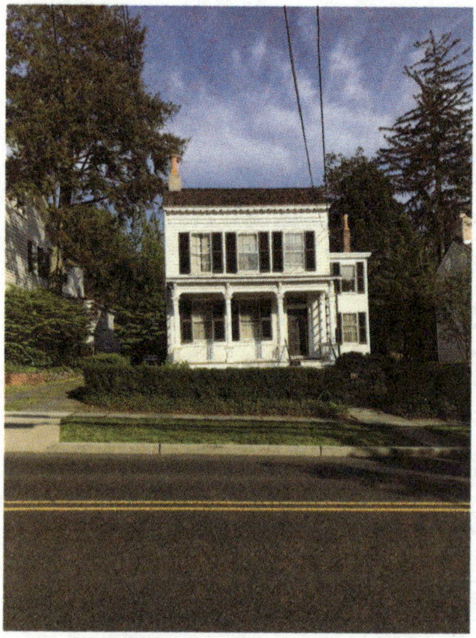

◎ 爱因斯坦故居

有一丝自豪，完全是一副满不在乎的样子。哈哈，普林斯顿太牛了，爱因斯坦这样的大牛人在这里也算不了什么！连一个标记也没有。我们只好找标记。

记住了，Jones Hall 109 号房间。

我们发现，东亚研究所就在这座楼里。还发现了墙壁的橱窗里陈列着描写胡适与他的美国女友的故事的书。

爱因斯坦的家，一座普普通通的小白楼，全然没有名人故居的熙熙攘攘，有点寂寞，在普林斯顿的早春里独有一股“是真名士自风流”的味道。

2018 年 5 月 26 日

肯尼迪的幽灵在它的上空徘徊

——达拉斯记行

今年一月上旬去游玩了美国得克萨斯州。得州第一站自然是达拉斯。虽说达拉斯是美国第九大城市，但是它像北美大部分城市一样，一大片 house 包围着一小撮高楼，高楼中或许会有几座哥特式的红石头古建筑。

这种城市模式与多伦多几无差别（除了比多伦多小之外），

◎ 达拉斯街景

◎ 肯尼迪和杰奎琳（图片来自网络）

就连观光车也很类似。

但是，达拉斯却是一座举世闻名的城市，一个充满神秘感的城市。主要原因是美国第35任总统，英俊潇洒的肯尼迪在1963年11月22日12：30在此遇刺身亡。他的死亡改变了美国和世界历史。

中国人喜欢历史，越是扑朔迷离的历史事件就越有吸引力。美国人何尝不是如此。肯尼迪遇刺53年了，肯尼迪热经久不退就是明证。历史的天空星光灿烂，但是总有几颗星特别耀眼。肯尼迪肯定是特别光芒四射的一颗。记得我刚到加拿大时，我的ESL的老师，一位非常优雅的50多岁的女士，提起肯尼迪时那仰望星空的仰慕神情令人难以忘怀。

在我参观达拉斯肯尼迪博物馆之前，我对肯尼迪的印象都是碎片化的。知道他出身富贵人家，年纪轻轻就当了总统。知道他化解了导弹危机。还知道他有个美貌的妻子，但是却与性感女星玛丽莲·梦露纠缠不清。

◎ 博物馆入口处

历史的长空总是波诡云谲，透过层层迷雾去寻找真相令多少人着迷。我不算个史迷，但是 ESL 老师那份崇拜迷恋的神情却让我对了解肯尼迪多了一份兴趣。

一月的多伦多冰封雪飘，而一月的达拉斯却温暖如春。朋友说，在我们到达的前几天，也是很冷的。真幸运，寒流随风而逝，迎接我们的是天朗气清，惠风和畅的好天气。

肯尼迪博物馆叫第六层楼博物馆（THE SIXTH FLOOR MUSIME），坐落在 411 Elm Street。门票 14 美金。

博物馆的布置非常人性化，除了照片文字实物小电影还有语音翻译机。其中有中文普通话翻译机。

一进展馆，迎面便是肯尼迪和杰奎琳的大幅照片。肯尼迪的英俊帅气，杰奎琳的高贵优雅尽现眼前。

记得读希拉里的传记时，希拉里的一段描写令人印象深刻：

入主白宫的新第一夫人去拜会前第一夫人杰奎琳，尽管希拉里正当年，而杰奎琳已经步入老年，希拉里还是被杰奎琳的优雅气质镇住了。

50 多年过去了，他们的强大气场依然吸引着每一个参观者。

参观了博物馆，才对肯尼迪的一生有了一个系统的了解。我眼中的富家子弟、花花公子却原来是一位“二战”英雄：他从小体弱多病，却瞒着病情参加了美国海军上了太平洋战场。在战斗中负伤的情况下，还用牙齿咬住被严重烧伤的战友麦克马洪救生衣的束带，拖着他游泳一起前行。整整 5 小时后，肯尼迪带着麦克马洪率先游到一个小岛的岸边。他是一个真正的战斗英雄，因此，他发出的那句掷地有声的名言：“Ask not what your country can do for you;ask what you can do for your country.”（不要问你的国家能为你做些什么，而要问你能为你的国家做些什么），不是一句空洞的口号，而是他自己的实际行动的真实写照。

肯尼迪上台时，美国的地位正在经受严重考验，苏联在 20 世纪 50 年代的经济增长率超过了美国，并首先于 1957 年发射了

◎ 博物馆大厅

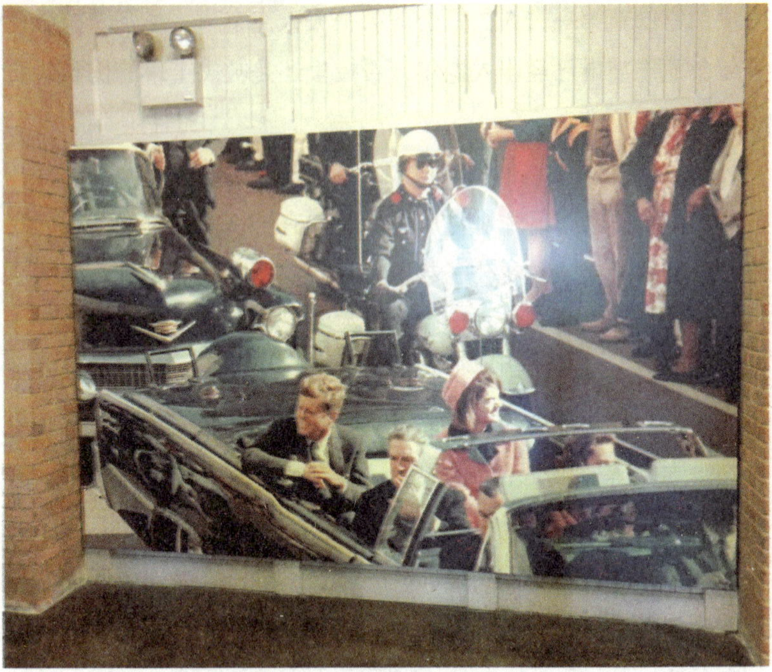

◎ 达拉斯街道巡游（图片来自网络）

人造地球卫星。此外，苏联的热核试验也走在美国前面，虽然美国总统知道事实并非如此，但美国民众却充满了忧虑。此外的小事件还有匈牙利事件和古巴革命，以及老挝、越南和台湾问题。1961 年 8 月 13 日，柏林墙在一夜之间长出来了，这一切令人感到世界在不可避免地二极化并会爆发席卷全球的战争。

在 1000 天内，肯尼迪奠定了他跻身美国历史上最杰出总统之列的地位，他进行了大规模削减税额的维持经济增长计划，批准了“阿波罗”登月计划，与苏联达成了禁止核试验的协议，成功地化解了古巴导弹危机，并且推动种族融合，他的倡导最后变成了 1964 年公民权益法案（Civil Rights Act of 1964）。这一切都是美国人至今还怀念他的理由。

美国媒体曾做过统计，肯尼迪在任时的平均支持率高达70%。这个数字令他所有的继任者望尘莫及，包括奥巴马。“所有后来的总统都试图模仿肯尼迪，但都没法超越。”美国政治学者拉离·萨巴特如是说。

正当肯尼迪的威望如日中天时，美籍古巴人李·哈维·奥斯瓦尔德在得克萨斯州达拉斯市榆树街411号一座七层大楼的第六层临街窗口开枪杀死了肯尼迪。

肯尼迪遇刺案至今仍是谜团。在肯尼迪遇刺后的短短三年中，18名关键证人相继死亡，从1963年至1993年，115名相关证人在各种离奇事件中自杀或被谋杀。更奇怪的是，美国政府迟迟不肯公开有关这场刺杀的全部文件，更加令公众相信阴谋论，认为政府隐瞒着一些不可告人的肮脏交易。

肯尼迪和林肯很像，他的政绩有缓和古巴导弹危机，推动了美国航天计划，推动民权运动。保卫白银和废除白银的货币地位成为肯尼迪和国际银行家斗争的焦点，最后被人刺杀。

在被刺杀前，肯尼迪是在达拉斯参加竞选午宴的路上。当他的车队从 Main Street 过来经过 Houston Street 向左拐入 Elm Street 后，子弹便飞出来了。

这是一颗神奇的、异乎寻常的子弹，它射中肯尼迪总统背部脖根部位，穿透了身体，又击中前面康纳利州长的背部，从他右乳头下钻出，穿过州长的右手腕，打伤了他的大腿。康纳利只觉得背上像被锤子重击了一下，看到膝盖上溅着自己的鲜血，便向天空歪着脑袋绝望地惨叫起来：“啊，不！不！我的天呐！他们要杀死我们大家！”总统夫人杰奎琳并没有完全意识到究竟发生了什么事，心想：“天啊，他干吗这么叫喊？”她不安地向右转过身去，立即看见了可怕的一幕：一颗子弹准确地击中了她丈夫的后脑勺！此时的肯尼迪，一脸迷茫和沉思，他突然举起右手颤抖着似乎想抓住后脑勺，但很快就无力地落了下来。瞬间，鲜血伴随着白色的脑浆喷洒而出，溅到杰奎琳的脸上、身上，溅到康纳利夫妇和前面开车的特工格里尔和保镖凯勒曼身上。肯尼迪上身的西服上浸满了鲜红的血。杰奎琳手足无措，她本能地俯到肯尼迪身上，随即跪到座椅上，转身朝着仍在欢呼的人群失态地喊叫："我的天呐，这是怎么回事！我的天呐，他们杀死了杰克，他们杀死了我的丈夫。杰克！杰克！"她拼命摇晃着。肯尼迪总统用双手捂住了脖子，倒在了夫人的膝上，鲜血和脑浆从他头的右边太阳穴和脑后部喷溅而出。同车里的康纳利州长也被突袭的子弹击中，倒在了汽车地板上。

一代豪杰就这样在辉煌的旅程中死去。当天下午副总统林登·约翰逊在"空军一号"座机上宣誓继任美国总统。正像电视剧《三国演义》的片尾曲里唱的："一页风云散，变幻了

◎ 肯尼迪遇刺的地方

◎ 迎肯尼迪灵柩（图片来自网络）

时空。”

我们驱车沿着 Elm Street 重走了肯尼迪的死亡之旅。没有任何特别的感觉。举头望向天空，达拉斯湛蓝的天空飘着几朵白云，那云上的肯尼迪的幽灵是否还在此处徘徊？

博物馆里的

◎ 肯尼迪纪念碑外景

一张照片让我驻足良久。照片展现的是肯尼迪的灵柩运回的时刻。杰奎琳一身黑衣，满脸哀容。肯尼迪最小的儿子也在默哀迎灵柩的人群中。没有人教他，这个小孩自己走上前，歪歪扭扭地学着人们的样子敬了一个军礼。这一幕让我泪下。无论多么伟大的人物，他们的离去带给家人的痛都与常人一样。

达拉斯还有一个肯尼迪纪念碑，纪念碑的形状很特别。四面墙围着一个矮小的碑。不走进去是看不见碑的。

这就是碑的模样。通常我们见到的纪念碑都高大挺拔，有直上云霄之势。可是，为什么肯尼迪的纪念碑却如此低矮，还要用四面高高的围墙遮掩起来？难道是意喻着他们心爱的总统生前没有得到妥善的保护而命丧黄泉，人们要在他死后严严实实地保护他的英灵？

半天的时间带着我穿越时光回到了20世纪60年代，那是一

◎ 纪念碑内景

个风云激荡的时代。中国酝酿着文化大革命；世界各国学生运动风起云涌；美国深陷越战泥潭不能自拔，肯尼迪遇刺，随后黑人领袖马丁·路德·金遇刺、参议员罗伯特·肯尼迪遇刺。这一切离我们并不太遥远。今天，世界仍然危机四伏，新上任的美国总统川普面对着一个更复杂的世界，他会有肯尼迪的作为吗？他会遭遇到肯尼迪的悲剧吗？在达拉斯宁静祥和的冬日里，我带着忧虑带着思考走向另一个城市。

2017 年 2 月 18 日

海明威故居与猫

在美国佛罗里达州迈阿密市的南端，有一条长长的细细的尾巴向西南方向逶迤而行，这条尾巴由大大小小星罗棋布的珊瑚礁岛屿组成，那些岛屿像一颗颗洒落在大海里的翡翠，由一座又一座的公路桥连接着，宛如一条缎带飘呀飘的，最后终止在 Key West。

Key West（中文译名叫基韦斯特岛），是美国最南端的岛屿，它距离古巴只有 90 英里。这个岛有许多有趣的名字，你看这个

◎ Key West 位置图

标识物，从上到下依次是：

海螺共和国
距古巴 90 英里
美国大陆最南端
佛罗里达·基韦斯特
日落之家

为什么叫海螺共和国？由于 Key West 的一些居民不满美国边境巡逻队在当地设置检查站，所以部分居民于 1982 年 4 月 23 日宣布从美国独立。尽管这被广泛认为是一场发泄不满的闹剧，但 Key West 市仍保留了“海螺共和国”这一称呼，并在每年 4 月 23

◎ 海螺共和国

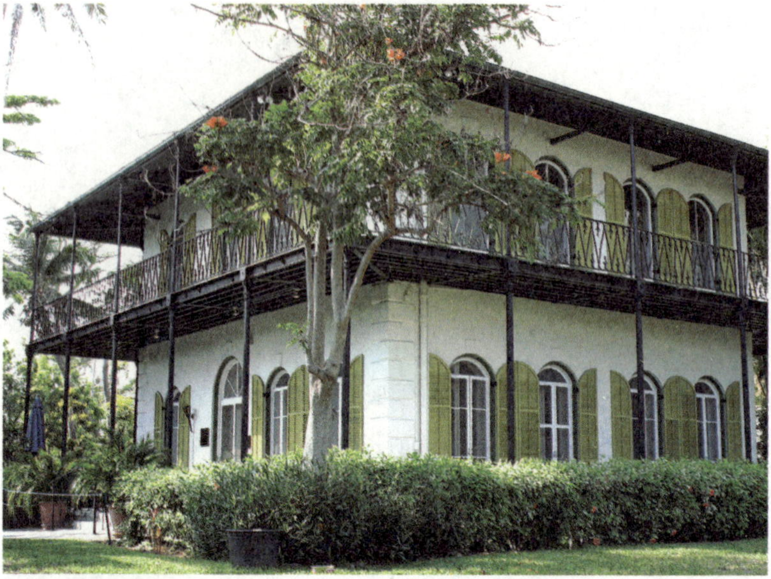

◎ 海明威故居

日隆重庆祝其“独立日”，以此来吸引游客带动经济增长。

当然，到 Key West 绝不是为了那个搞笑的海螺共和国，为的是参观大文豪海明威的故居。修整一新的故居如上图。

这所典型的西班牙殖民风格的房子建于 1851 年。1931 年，海明威第二个太太宝琳（Pauline）的阔叔叔花了 8000 美元买下来，送给了他们两夫妻（之前那 3 年他们是租房子住）。从 1931 年到 1939 年，海明威在这个居所中度过了 9 年时光，时间不算长，但这里是海明威许多著名作品的原产地。据介绍，那些年里海明威笔耕不辍，每天都要坚持从早上 6 点写作到中午 12 点，不写出 500—700 字誓不罢休。他就这样在这里完成了自己一生中 70% 的作品。

故居的牌子却是老旧的，透着时光的斑驳。牌子上写着每天上午 9 点到下午 5 点开放故居，门票是成人 13 美元，儿童 6 美元。

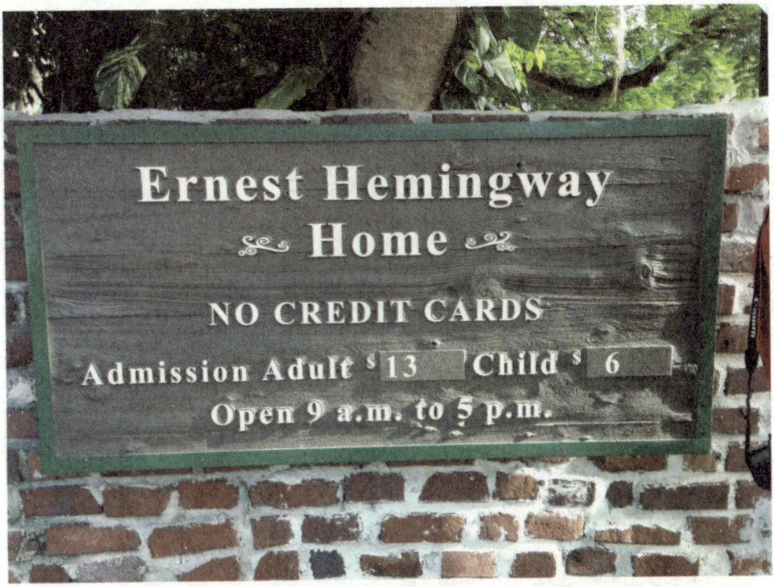
Ernest Hemingway
Home
NO CREDIT CARDS
Admission Adult $13 Child $ 6
Open 9 a.m. to 5 p.m.

◎ 故居的牌子

◎ 床上的猫

◎ 床头画

俺自幼爱好文学，后来学电脑搞电脑纯粹是为了稻粱谋，心里真正喜欢的还是文学，真心崇拜的是大文学家。因此不远千里来看心中的文学之神海明威，没想到进到故居第一眼看到是两只大黑猫躺在文学之神的床上呼呼睡大觉，全然无视熙熙攘攘的参观者。

那床头的画远看是一幅风景。

近看这幅画里至少有 4 只猫。

◎ 海明威的书房

◎ 电影海报

一只小花猫在海明威休息过的椅子上静静地卧着，它是在聆听老人与鲨鱼的搏斗声还是在琢磨丧钟为谁而鸣？

墙上的海报是他的书改编成电影后的电影画报。

海明威的家在美国是典型的小康之家，绝对谈不上奢华，但是这里却是猫的最奢华的豪宅。你看这间猫舍，窗子门一应俱全。

◎ 猫的窝

再看猫儿的墓地，

◎ 猫的墓碑

名字、生卒年月一样不少。

最有趣的是猫儿的名字，玛丽莲·梦露、卓别林、狄更斯、毕加索、索菲亚·罗兰、六趾公主，个个都是大明星啊。

曾经读过一篇文章，文中讲述了中国的文人爱猫的渊源。在古代，猫被唤作“狸奴”，用于捕鼠。盖因文人离不开书，而老鼠啃书没商量，猫便有了用武之地。陆游的：

◎ 抱猫的海明威（图片来自网络）

裹盐迎得小狸奴，
尽护山房万卷书。
惭愧家贫策勋薄，
寒无毡坐食无鱼。

既讲出猫儿的用处，也讲出了家境的寒酸，读来让人唏嘘。虽然那篇文章里罗列了丰子恺、季羡林、钱钟书、冰心等人爱猫的故事，恐怕没有一个人能比得上海明威。

那么铁血硬汉海明威为什么喜欢优雅温顺娇媚可人的猫儿呢？

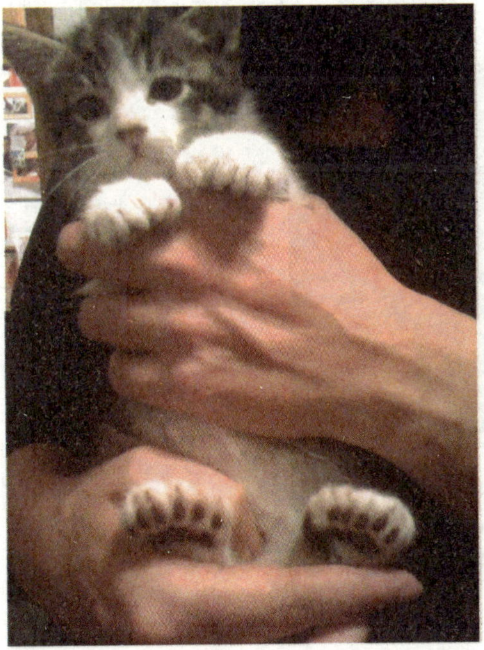

◎ 6 趾猫

传说在1935年，一位来自远方的船长送给海明威一只猫崽。这只神奇的猫咪一身雪白的长毛，脚掌上各长了6个脚趾头，被大作家命名为“雪球”（Snowball；亦有文献说叫Snow White）。从前，在航海业兴盛的年代，六趾猫被看作能够给船只带来好运的象征，所以很多船出海远航的时候都会带上几只，基本上就是给当成镇船之宝了的意思。所以，那位船长对海明威说，6趾猫是吉祥之物，会给你带来好运的。海明威开心地说，“猫是最善良最忠诚的伙伴。有了一只猫，便会有另一只猫！”

好，就让我们看看六趾猫是什么样子，你仔细看，它是不是六趾啊？

果然，有了一只猫，便会有另一只猫。算起来，从雪球入住到现在，已经整整81年了。海明威早已到了天堂，他的子子孙孙活得也不太滋润，他家里好几代都有人自杀，但是，海明威故居里的猫儿却是世界上最幸福的。故居里的六趾猫依旧繁衍生息代代相传子孙繁茂，据说大多是雪球的后嗣。我们到访的那天看到屋里屋外到处是白色的、黑色的、灰色的、咖啡色的、花色的、条纹的，大大小小40多只猫儿。看它们上蹿下跳，横躺竖卧、目中无人地满院子撒欢儿淘气，真格儿的是活得自在活得逍遥活得体面活得忒有个性！

◎ 海明威与猫（图片来自网络）

无论一个人曾经做过多少惊天动地的事情，真正显露其真性情的却还是那些日常生活中的小细节、小温馨、小故事。所谓铁汉柔肠便是眼前这幅图景：一个粗犷坚砺的硬汉怀抱一只轻柔温软的小猫咪，硬汉眼里露出无限的温柔，即便是最冷漠的人也会被这个场景所触动，每个人的心底都有一处最柔软的角落，它是温情的存放处。

海明威是 Key West 的骄傲，在每年的 7 月中旬，Key West 都会举办海明威节（Hemingway Days）来纪念这位伟大的作家。节日活动除了游行、朗诵、钓鱼以外，最有趣的大概就是“最像海明威比赛”了。那几天，来自全美国各地的红脸白胡子老头们就会聚集在这个小小的岛屿上，要争那个“最像海明威老爸奖”（“Papa Hemingway Look-Alike Contest”）。据当地人说，那时节啊，你若一眼望过去，那满大街有一半儿的人都是海明威范儿。

这位老者得奖了，他活脱脱就是海明威再现！

◎ 最像海明威比赛（图片来自网络）

◎ 最像海明威得奖者（图片来自网络）

Key West 的确是一个自由的地方，在这个小岛上居然看到许多花公鸡，几十年未见大花公鸡了，一时间竟有他乡遇故知的感觉！小时候家里总是要养一只大花公鸡，做毽子的时候，曾经残忍地拔过花公鸡的毛。对不起，花公鸡，我现在是绝对不会做这样的事了。

2017 年 1 月 4 日

◎ Key West 的大公鸡

一不小心掉进中世纪

——爱丁堡览胜

英国在这个世界上是一个厚重的存在。在读了许多英国作家的书，看了许多有关英国的影视作品，了解了英国对世界的巨大影响之后，英国对我的呼唤越来越强烈，到英国去看个究竟的想法越来越迫切。终于，在 2018 年 9 月 14 日，我与夫君及朋友一家飞越重洋，降落在伦敦机场。

伦敦这个城市承载着太多的历史和文化，抬头俯首间处处是历史遗迹。越看得多，越不敢落笔。还是写写比较容易写的地方吧。

对苏格兰首府爱丁堡了解不多，有人说它是一个很古老但是很古旧的城市。没有抱太大的期望。然而，它却给了我意外的惊喜，让我对古老与古旧有了全新的认识。

我们是从伦敦坐火车到爱丁堡的。英国的火车没有国内高铁的速度，402 英里的距离晃晃悠悠走了 7 个小时。到达爱丁堡时已经是夜间十点多了。下了火车，爱丁堡用冷冷的斜风细雨迎面给我一个湿湿的拥抱。顾不上看车站是什么模样，在找不到方向的风雨中索索发抖地奔跑，爱丁堡的九月天让我吃了一惊。虽说预定的酒店就在车站对面，但是找到它却颇费了一番周折。住进去后，古香古色的酒店让人愉悦，被风雨袭击的不快也渐渐平息了。

◎ 爱丁堡街景

第二天早晨，当我从梦中醒来，拉开雅致的窗帘那一瞬间，我突然被惊到了：灿烂的朝阳下一座梦幻中的古城扑面而来，我懵懂恍惚，仿佛掉进中世纪的城堡里！这景致太奇妙，以至我要定定神，确认自己不是在梦中看英国历史大片。

爱丁堡的建筑的确是古老和古旧的。说它古老，是因为许多建筑都是欧洲中世纪和苏格兰宗教改革时期建起来的。有些建筑有近千年的历史。说它古旧，是因为很多建筑的外墙呈灰黑色，但是这种旧不是我印象中的陈旧破败，而是一种历经沧桑的庄严肃穆。据导游说，由于这些建筑用英国本土的灰黄色石头建成，这种石头年代越久，颜色越深。可以说，建筑物石墙的颜色就是建筑物的年轮。

爱丁堡老城和18世纪建立起来的爱丁堡新城一同被联合国教科文组织授予了“世界遗产”称号。它的确无愧于这种称号。粗看，从整体气势上令人震撼；细看，每座建筑物的精美令人赞叹；再看它的历史，深厚的底蕴令人荡气回肠。

爱丁堡最繁华的街道叫皇家一英里（Royal Mile）。顾名思义，这条大道长约一英里，贯穿爱丁堡老城区中心，连接了苏格兰历史上的两大焦点：位于城堡山顶部的爱丁堡城堡和女王奶奶在苏格兰的夏季行宫荷里路德宫（Palace of Holyrood house）。皇家大道沿途可以看到各式各样的博物馆和美术馆，搭配着售卖苏格兰威士忌的老酒馆，还有数不清的羊毛织物礼品店，礼品店里有苏格兰“三宝”：羊绒围巾、威士忌、黄油饼干。穿苏格兰裙的街

◎ 皇家一英里

头艺人也是这里的一大亮点，各种悠扬的苏格兰风笛、欢乐的吉他，还有杂技、喜剧等表演，好不热闹！

大道上随处可见的穿苏格兰格子呢裙吹风笛的艺人，他们是这条古老街道上的一道靓丽的风景。看到许多游客与他们合影。

街道旁的小店门外挂着鲜花，橱窗里的装饰美轮美奂。但是，各家商店都少不了的一件装饰品就是苏格兰格子呢。据说整个苏格兰仅注册的格子布就有3000多种。苏格兰格子羊毛围巾是最普遍的商品，格子裙、格子衫、格子地毯、格子饰品随处可见，就连糖果和饼干等都是格子盒子或格子纸做包装。从来没有见过哪个地方的人如此喜欢格子。

◎ 作者与吹风笛者合影

为什么苏格兰人格外喜欢格子呢？考古学家告诉我们，世界上最早的格子图案是在苏格兰中部出现的，距今有1700年的历史。据说，从5—6世纪开始统治苏格兰的苏格兰人用格子来区分人的等级。哈哈，中国古代是按照不同阶层的人穿不同质地颜色款式的衣服来以衣取人的。其他国家也大体相似，我没有做过研究，大概唯有苏格兰是“以格取人”的。

苏格兰不仅盛产格子，它还盛产名人哦。在哲学、文学、科学、音乐和电影界，耳熟能详的名人就有电话发明人亚历山大·格拉汉姆·贝尔；启蒙运动哲学家大卫·休谟；诺贝尔生物医学奖获奖者青霉素发明家亚历山大·弗莱明；电视机的发明者约翰·罗杰·贝尔德；福尔摩斯的创造者阿瑟·柯南·道尔；现代经济学之父亚当·斯密。

这座高大的竖立在皇家一英里街正中的雕像就是亚当·斯密，可见他的位置之重要。他所著的《国富论》成为第一本试图阐述欧洲产业和商业发展历史的著作。这本书发展出了

◎ 礼品店

◎ 经济学之父—亚当·斯密

◎ 司各特纪念碑

现代的经济学科，也提供了现代自由贸易、资本主义和自由意志主义的理论基础。

在中国的历史上，诗人的地位是无与伦比的，现在许多地方为诗人立碑塑像。但是，在我到过的城市中，最为震撼的纪念诗人的碑却是爱丁堡的司各特纪念塔碑。

这座造型独特的塔碑是如此醒目，以至在爱丁堡的任何一个角落，只要放眼观望，就能看见这座似乎被烟熏过的灰黑色的高塔。塔尖直入云霄，仿佛在与苍天对话，也许象征着司各特的灵感来自于无涯的广宇。

司各特生于爱丁堡，两岁时因患小儿麻痹症而跛脚，终生残疾。但他以惊人的毅力学会骑马、狩猎，爱丁堡大学毕业后成

◎ 爱丁堡古城堡

了律师。他既是诗人也是历史小说家，先后写出了《威弗利》等27部长篇历史小说，开创了欧洲历史小说之先河，素有“苏格兰魂”的美誉。他影响了普希金、巴尔扎克等一批文学大师。

司各特纪念碑呈方形锥顶，中端坐着司各特大理石雕像。他宽袍广袖，神情凝重。纪念碑中雕有司各特小说各类人物和苏格兰著名诗人小像，整个塔分四层，共287级台阶，据说当游客登上最后一级台阶时，司各特作品中的几十位主人公会前来欢迎。

爱丁堡最古老最著名的经典建筑就是爱丁堡城堡。这座城堡有900年的历史。它矗立在135米高的城堡山上，那是爱丁堡市的最高点。它居高临下的位置决定了易守难攻的特点。

沿着一层层石阶登上城堡时，我想到了美国电视连续剧《权利的游戏》中的场景，古代战场的血腥争斗一幕幕闪现。我想这就是旅游的好处，它让我们见证了书中读到的、影视作品中看到的历史故事的实际场景，让我们对历史故事有了身临其境的真实

◎ 古城堡之路

感觉。

我沿着窄窄的石阶一路攀缘而上，猛抬头，只见面对着一道有着尖利的铁刺的拱形城门，那城门仿佛一张龇着利齿的雄狮的大嘴，让人陡然生出几分畏惧来。

千年来英格兰和苏格兰分分合合，爱丁堡城堡的历史基本上也可以算是苏格兰的浓缩版历史。这座城堡经历了太多战争的血腥，特别是16世纪的长期围城中，城堡的大部分建筑都被摧毁。

英格兰和苏格兰的恩恩怨怨无法厘清。我们的导游一提起英格兰人总是恨恨的。在苏格兰旅游可以看到许多被战火毁掉的城堡的残垣断壁。无论历史上发生过多少争斗，这些城堡如今都成了游人缅怀历史的旅游景点，看着熙熙攘攘的游客，想起了三国演义的开篇词："古今多少事，都付笑谈中。"

◎ 古城堡城门

在古堡的城墙上，还能看到一个个乌黑的古炮，每天下午 1 点这里还会开空炮报时，这就是著名的 One O ' clock Gun。所有炮口和当年一样，一致地对着福思湾河，仿佛现在还一直在保卫着苏格兰的安详宁静。

从城堡上望下去，整个爱丁堡尽收眼底。城市美丽整洁，人民生活安定富足。我站在城堡高处，默默地为苏格兰人祝福，愿这片土地上再也没有打打杀杀。

看完了古城堡，来到了苏格兰国家美术馆，希腊顶罗马柱如此优雅地组合在一起，迎风招展的英国国旗与苏格兰旗帜如此和谐地并存，战争与艺术，一刚一柔，完美地诠释着历史与现代。爱丁堡，你独特的风姿将永远留在我的记忆里。

2018 年 11 月 19 日

◎ 守城的古炮

◎ 作者从古城堡俯视爱丁堡

◎ 作者于苏格兰国家美术馆

一路春风下江南（一）

——乌镇

商业化旅游像一头怪兽，凡是被它发现的猎物，总是难逃被它庸俗化的厄运。无论多么僻静清幽的所在，昨天还养在深闺人未识，今天就红遍大江南北。万众的趋之若鹜让世外仙姑转眼之间变成脱衣舞娘。譬如周庄，自从陈逸飞的《双桥》打破小镇的宁静之后，千年古镇的娴静淡雅便不复存在，连带着其他水乡古镇都被蜂拥而至的游客践踏得面目全非。

江南水乡在中国人心中，绝不仅仅是旅游景点，它纠缠着文化、历史、艺术、民俗。由于太多文学作品描绘过它；太多的诗词歌赋颂扬过它；太多的书画渲染过它；太多的影视作品展示过它，这些映象在人们心中重叠交叉，人们又加上自己的想象力，致使每个人心中都有一个不同的水乡。

曾问过去过水乡的朋友，有的说，太破旧；有的抱怨，太热闹；有的批评，太商业化；有的遗憾，太新太假。

水乡古镇是被我诗化了的美丽的梦，这梦起于童年，伴着我走过青年，走入中年，走出国门。年代越久，梦境越美；距离越远，梦境越亲。几次想要亲历梦境，又怕现实让梦境破碎。

岁月悠悠，流年似水，江南一直在远方呼唤着我，即便我等得起，怕是水乡等不起，要不了多久，它的古韵便会丧失殆尽。

终于，鼓起了勇气，背起了行囊，飞越重洋，风尘仆仆地踏上了江南水乡之旅。

江南第一站杭州让我精神大振。满载着西湖的诗情画意，我在杏花春雨中告别杭州，踏上了开往水乡古镇乌镇的长途汽车。

沿途的景色如一卷水墨画轴，在斜风细雨中徐徐展开。灿黄的油菜花肆意地铺陈在碧绿的田野上，盈盈碧水间有红桃绿柳随风摇曳，朦胧的雨雾为乡间农舍披上一层妙曼的轻纱。40 多分钟的车程转瞬即逝，乌镇就在眼前，我精神陡然一振，迅速抖落肩上的疲惫，神清气爽地走进了水乡、走进了小桥、走进了流水、走进了枕水人家——乌镇。

乌镇由两部分组成，东栅和西栅。我是白天游西栅，夜晚游东栅。

还好，不是周末，游人不多，古镇的清幽尚在，真高兴。

也许是向往太久，也许是期盼太多，我不由屏住气息，向古镇投去深情的一眼，果然粉墙黛瓦，小桥流水人家，仿佛进入了

◎ 乌镇小船

◎ 红桃绿柳

岁月迷离的光影里。那斑驳的粉墙，经历了多少风雨的冲刷；那黛黑的瓦片，经受了多少风霜雨雪；那悠悠的碧水，载起几多岁月沉浮；那纤巧的小桥，见证多少人间悲欢；那只小小的船儿，承载着多少水上人家的期盼；而那柔柔的柳丝，又抚平多少乡愁，撩起多少夙愿得遂的喜悦。

走进水乡，走进幽深的街道，仔细倾听青石板路上悠远的足音：纷乱杂沓，那是来自上海逃难者慌乱的脚步；轻盈细碎，那是来自台湾的英（《似水年华》的女主人公）轻快的脚步；坚定沉着，那是浑身飘满小桥流水韵味的文（《似水年华》里的男主人公）沉缓的脚步；再细听，店铺里似乎传出林家铺子林老板无奈的叹息。

◎ 苔藓斑驳的小桥

轻轻地挥动衣袖，走进石板小径，怀揣一抹淡淡的闲愁去寻觅青石板上隐隐的苔痕，那扇虚掩的门中，可曾住过“笑谈有鸿儒，往来无白丁”的陋室主人？

走进水乡，就走进了春风杨柳里，走进了杏花烟雨里，在似水的柔情中，在花开最美的季节里，等待一个如花美婿，或者一个丁香花般的姑娘，为心灵寻找一个相知如镜的知己，一如远处的柳和近处的桃：

走进小桥，轻轻地抚摸桥栏石板上碧绿的苍苔，让心情透过时光斑驳的迷雾，略带伤感地去编织一个古旧而苍老的故事。

走进水乡，就走进了无数的缠绵悱恻里，这里有多少无法相许却永远不能忘记的永久的秘密，谁敢说这桥下的流水没有情人的泪水？

走进水乡的夜色，就走进了梦幻里。

坐在临水的茶楼里，把一盏香茶，有仙乐飘然而至，古诗“夜船吹笛雨潇潇”的意境油然而生。

我从梦境中来，迷幻的灯光又把我带回梦境，就这样，我在水乡的梦境中深深浅浅地走下去，旧的梦境又叠加上新的梦境，我想，别后的水乡，于我将不再是“盈盈一水间，脉脉不得语”了。

清华校友叶志江为此文写评论如下：

我一向是不大看游记一类文章的，对于古镇游更是兴趣索然。唯一的一次是几年前去了上海附近的周庄。15 分钟后便走了，只留下了“花 100 元买了一张门票，进去撒了一泡尿”的印象。这原因便是作者讲的，“陈逸飞的《双桥》打破小镇的宁静之后”，那小镇已被践踏得面目全非。

◎ 乌镇夜色

张喜英的这一篇游记却吸引我读了好几遍，不仅是因为文字清新优美，而且有一种灵动的感觉，仿佛身临其境，跟随她走进了这千年古镇，走进了春风杨柳、杏花烟雨里，走进了深深浅浅的梦境里。

这几乎颠覆了我对古镇游的偏见：在这商业化的大潮中竟还有这样的去处，让你能了却儿时的旧梦，可以“倾听青石板路上悠远的足音”？

2010 年 5 月 29 日

一路春风下江南（二）

—— 绍兴

爱旅游的朋友常常有一个“此生必去的 n 个地方”的清单，我也有这样一个清单，它虽然没有列在纸上，但是写在心里。在我心里的清单中，绍兴绝对是排在前面的。

绍兴吸引我的，既不是奇山异水，也不是历史名胜，而是名人遗迹。绍兴出过多少名人我没有研究过，但是，一提起王羲之、陆游、鲁迅、蔡元培、秋瑾，大概没有几个国人不知道。

在此次江南游之前，我虽未曾踏足绍兴，但绍兴于我却绝不陌生。鲁迅的《从百草园到三味书屋》《社戏》，周作人的《乌篷船》，使我对绍兴的风土人情充满兴趣；陆游和王羲之又让我对沈园和兰亭心向神往。

汽车甫进入绍兴，眼前便见宽阔的大道，道路中间的绿色植物隔离带很有气魄，水乡的规划者显然是要把千年古城建设成一个现代化城市。心中嘀咕：我还能在这里找到“水如空，桥如虹，一叶扁舟烟雨中”的水乡诗韵吗？

找到酒店，办完登记手续后，已经是下午 4 点多钟。到鲁迅故居时，已到关门时分。正不知该去哪里，一个蹬三轮车的极力推荐去坐乌篷船。啊，乌篷船，被周氏兄弟多次描绘过的乌篷船，在我心中有着威尼斯的贡多拉的位置。于是不由分说登上三轮车

◎ 鲁迅故居之百草园

直奔乌篷船码头而去。

为了体验乌篷船的味道，买了黄酒、茴香豆。一位干瘦的船夫扶我上船坐定。这么有名的乌篷船其貌不扬，黑黑瘦瘦一如船夫。带着乌毡帽的船夫指指自己的帽子，给我介绍了绍兴有名的三黑（乌篷船、乌毡帽、乌干菜），之后便稳稳地坐到船尾，一手扶着夹在腋下的划楫，两脚踏在桨柄末端，两腿一伸一缩，桨就一上一下地击水推进，船儿便轻快地驶入水巷人家。

小船儿划入暮色，船夫为我唱起了童谣“划到外婆桥”，那带着浓重的绍兴口音的童谣把我带到遥远的过去，带到纯朴的乡下，我捡一粒茴香豆细细地咀嚼，浓浓的香味溢满唇齿间，仿佛在咀嚼绍兴厚重的历史。寻常的水，寻常的山，为什么却能养育出那么多不寻常的人物，这的确令人深思。

暮色越来越浓，船儿轻快地划开暮色，水巷两岸粉墙黛瓦的民居倒映在水面，古朴而安详。这景象让我想起了5年前在荷兰首都阿姆斯特丹的一幕：斑斓的暮色中，先生、儿子与我同乘一叶小舟在水巷里穿梭，眼前掠过的是古老而华美的住宅。我呷一口黄酒，酒味醇厚。一东一西两个水乡在眼前脑海中交替闪过：一个古朴淡雅如水墨画，一个优雅华丽像油画；一个似黄酒般醇厚，一个如咖啡般浓香。无论哪一个，都有它独特的魅力，都是不可取代的。但愿中国城市的规划者们，在城市建设中少一点与国际接轨，多一点乡土意识。

游鲁迅故居时正赶上周末，人山人海观者如潮。我被人群推挤着匆匆走过鲁迅的祖屋、卧室、堂屋、书屋。好久没有经历过这么拥挤的阵势了，完全是不由自主，想停停不住，讲解员的声音此起彼伏，闹哄哄的场面与鲁迅冷峻的面容形成鲜明的对比。

百草园满眼的翠绿消解了喧闹，我与儿子徜徉于鲁迅儿时的乐园。《从百草园到三味书屋》是我最喜欢的散文之一，小时候可以大段大段地背诵。儿子在国外待的时间长，对鲁迅不熟悉，我抓住这个机会给儿子补课。我试着背诵那段优美的文字："不必说碧绿的菜畦，光滑的石井栏，高大的皂荚树，紫红的桑葚；也不必说鸣蝉在树叶里长吟，肥胖的黄蜂伏在菜花上，轻捷的叫天子（云雀）忽然从草间直窜向云霄里去了。单是周围短短的泥墙根一带，就有无限趣味。油蛉在这里低唱，蟋蟀们在这里弹琴"，但是，露怯了，断断续续地背不完整，还好，园中的景点介绍中有这段锦绣文字。儿子饶有兴味地寻找泥墙、石井、菜畦、皂荚树，看着兴奋的儿子，不由地想到，相较于在水泥森林里成长的现代儿童，鲁迅的童年要幸福得多。他有殷实的家境，衣食无忧的生活，良好的教育，还有一个偌大的园子，在此他可以接触大自然，与植物动物为伴，让他得以心智健全地成长。若是没有这个园子，周树人还能成为鲁迅吗？

离鲁迅故居不远处便是著名的沈园：

陆游与唐婉凄美的爱情故事使这座古园林历经千年而魅力不减。我想，如果要评选一个爱情圣地，那么沈园一定会当选。

1155 年春天，这里演绎了一个伤感的故事。这世界上几乎天天都会有相似的故事，但是，故事发生在诗人身上就不寻常了，诗人使故事变成诗歌，诗歌使故事变成了永恒。855 年之后，在同样明媚的春光里，我挽着儿子，漫步在沈园的画廊水榭中，念着千古名篇《钗头凤》，有几分淡淡的感伤，更多的是对诗人才华的钦佩。哈哈，又是一个对儿子普及中国古典文化的绝妙时机，

◎ 沈园

我絮絮叨叨地为儿子背诵陆游，一首又一首，儿子听得很是津津有味。不管他能记住多少，这个沈园一定会留在他的记忆里。

将近一千年过去了，沈园年年柳色新，这些柳树不知经过多少代了，吹绵也好，不吹绵也罢，他们的祖先是陆游唐婉爱情的见证。如今，让诗人感伤的伤心桥不知在何处，每一座桥下都是春波碧碧，鸳鸯对对。那照影的惊鸿又在何方呢？莫不是变成了鸳鸯在碧波中悠游？

兰亭在绍兴郊外，乘出租半个小时便可到达。和王羲之当年一样，我游兰亭时也是“天朗气清，惠风和畅”。只是“茂林修竹”与“流觞曲水”已非昔日的原貌，诸多建筑也是后人修建的。幸好这些年改动不大，仍然是古朴幽雅。

亲眼见到了王羲之父子写的“鹅池”二字碑，也欣赏了康熙和乾隆的书法。二者相去甚远。王氏父子独领书坛风骚1800多年，无人能及。

在一天的时间里马不停蹄地玩了三个景点。入夜，来到著名的咸亨酒店。在鲁迅故居附近，真真假假的咸亨酒店有许多处。谁都说自己是最正宗的，作为游客，我们也无法辨别真伪。

走进其中的一间，装潢还算雅致，菜色也不错。茴香豆、臭豆腐、腌鱼都很有特色。我与儿子大快朵颐之际谈起了咸亨酒店的来历，谈起了可怜又可憎的孔乙己。他为了一碟茴香豆，一小盅黄酒受尽了奚落与侮辱，不管他怎样不堪，店家还肯赊账给他，要是在现今，我敢肯定他连走进咸亨酒店的门的可能性都没有。世道是变了，只是变得更没有人情味，心头突然涌出了重读鲁迅的冲动。

在江南游的最后一个晚上，终于买到了一本鲁迅选集。坐在

◎ 兰亭

嘈杂的候车室里，手捧鲁迅，嘈杂变成了背景声。孔乙己、祥林嫂、阿Q陪着我等待午夜的火车，环顾四周，鲁迅小说里的人物仿佛就在周遭，差不多一个世纪过去了，中下层的中国人并没有变太多。

2010年7月3日

桨声灯影里的凤凰古城

去凤凰是去圆一个文学梦，为了沈从文笔下的边城，为了清水芙蓉般的翠翠。凤凰果然美得超凡脱俗。一江碧水带着一江灯影，比那桨声灯影里的秦淮河还要胜过几分。

俏佳人似的凤凰古城，没有“舞低杨柳楼心月，歌尽桃花扇底风”的秦淮风月，却有少数民族一次次揭竿起义的暴动，同时也就带来了历朝统治者一次又一次的镇压，因而有了“镇竿”这个历史名称，与广西边境的“镇南关”异曲同工。直到民国二年，

◎ 凤凰古城

◎ 沱江上的游船

才改“镇竿”为“凤凰”。

凤凰古城的灵气全在沱江，它清澈明净，不似“那晃荡著蔷薇色的历史的秦淮河”（朱自清《桨声灯影里的秦淮河》），它没有六朝金粉秦淮名妓的脂粉气，荡漾着的是湘西小妹翠翠的清纯。

踯躅在夜间的沱江岸边，有置身秦淮的恍惚，期盼着会遇上一位浅笑盈盈的少女，怀抱琵琶，轻抚丝弦，弹奏出一曲《春江花月夜》。然而，沱江两岸却布满了各种酒吧，人声鼎沸夹杂着震耳欲聋的重金属摇滚，让人避之犹恐不及。现代文明这只黑手真是无孔不入，让人怅然，让人惘然。

多么希望能在清澈的沱江上荡起双桨，可惜只有一种两头尖的游船，船上可坐十人左右，由船夫撑船，在江中走了200米左右，便被轰下船。为了上这个船，足足在雨中排了40多分钟。像朱自清和俞平伯那样在黄昏中月光下泛舟秦淮的雅趣只能是幻想。

《边城》里如沱江水一样清纯的翠翠已无处可寻，翠翠的爷爷，那位憨厚的拒收摆渡费的老艄公，恐怕早已成了古老的传说。在古城里充斥的是脚步匆匆的游客 。而那满街商铺里坐着的店老板紧盯着的是游客的钱袋。当一把牛角梳都要卖500多元钱时，谁还能奢望遇上摆渡不要钱的老艄公！

若把自己从熙熙攘攘的游人中抽离出来，找一个僻静处，独坐江边，便可以从眼前的景色中品出沈从文笔下美丽的湘西。

你会看到清澈的“水中游鱼来去，全如浮在空气里。两岸多高山，山中茂密的细竹，长年作深翠颜色，逼人眼目。近水人家多在桃杏花里，春天时只需注意，凡有桃花处必有人家，凡有人家处必可沽酒。夏天则晒晾在日光下耀目的紫花布衣裤，可以作

◎ 美丽的凤凰古城一角

为人家所在的旗帜。秋冬来时，房屋在悬崖上的，滨水的，无不朗然入目。黄泥的墙，乌黑的瓦，位置则永远那么妥帖，且与四围环境极其调和，使人迎面得到的印象，实在非常愉快。一个对于诗歌图画稍有兴味的旅客，在这小河中，蜷伏于一只小船上，作三十天的旅行，必不至于感到厌烦，正因为处处有奇迹，自然的大胆处与精巧处，无一处不使人神往倾心”。

你会看到夕阳晚照，渔歌唱答。你兴许会听到翠翠清亮的笛声，爷爷在江中用哑哑的声音唱起山歌，那歌声与竹笛声震荡在寂静的空气中，使得寂静的江水更加寂静，连那流水轻轻的哗哗声也听不见了。

古老的水车咿咿呀呀地在讲述一个又一个翠翠与天保及爷爷的故事，但是咔嚓咔嚓对着水车拍照的游人里有谁听得懂呢？读过《边城》的又有几人？没有文学的自然景观少了许多诗意的联想。正像曾经读到过的一个段子所描述的：

为什么要学习？为什么要读书？为什么要有文化？

当你看到夕阳余晖中一群飞翔的鸟儿，你的脑海浮现的是“落霞与孤鹜齐飞，秋水共长天一色”，而不是“卧槽，好多鸟，好多鸟，卧槽，真 Tm 好看”。

我为了沈从文而去湘西，而去凤凰。我看到了沈从文笔下的风景，却找不到沈从文笔下的人物。应了那句著名的古诗“青山依旧在，几度夕阳红”！如今的凤凰城早已是物是人非。

2016 年 6 月 15 日

事事不顺的米兰之行

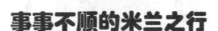

出门旅游，最希望的是事事顺利。当然，天底下没有真正的事事顺遂，特别是自由行，出一两件不如意不顺遂的事是很正常的。然而，像我们去米兰旅游事事都不顺遂却也是少有的。

那是 2005 年 4 月。由于先生是一位深爱古典音乐的人，去米兰看看建于 1778 年、世界排名第二的斯卡拉歌剧院是他的梦想。于是在我们决定去意大利旅行时便在网上定了 3 张歌剧《奥赛罗》的票。看歌剧是其次的，主要是要看看辉煌壮丽的斯卡拉歌剧院。

事实上我们是参加了一个欧洲七国游的旅行团。旅行团从多伦多出发，直飞巴黎。米兰是包含在旅行团的游览项目之中的。跟着旅行团，我们参观了最著名的米兰大教堂等景点。为了斯卡拉歌剧院，同时也为了能够更细致地看罗浮宫，我们选择了旅行团行将结束时在巴黎脱团开始自由行。

脱团后，我们计划着美好的米兰之行。无意中找到瑞安（Ryanair）航空的机票，从巴黎到米兰只要 0.98 欧元，几乎是无法置信的价格。经不住贪便宜的诱惑我们就定了三张机票。由于是廉价航空所以起飞时间很早，记得是早上 7：00 起飞。我们住的地方离机场很远，我们必须搭早上第一班地铁，转乘第一班火车才能赶上飞机。记得那天早晨大概是 3 点起床，匆匆赶地铁，下了地铁差一步没有赶上火车，只好搭出租。出租 100 多欧元。check in 的时候又收了不少费用（具体记不清了），大概每人 100

◎ 米兰大教堂

多欧元。到达米兰后没事可做，就又去了米兰大教堂。这次细细地观赏了这座始建于 1387 年，历经 500 年才完成的精美的哥特式大教堂。那些精美绝伦的 6000 多座大理石雕像让人叹为观止。为了看清这些雕像，我爬了 200 级台阶，到达教堂顶部。看累了，坐在教堂顶上休息，暖洋洋的太阳照在身上，竟然睡着了。这是我此生睡在离上帝最近的地方，可惜没有梦见上帝。

在歌剧开演前两个小时，我们到达斯卡拉歌剧院。在附近把歌剧院外形看了个够，实话说，外形很美，但是在意大利看多了这样的建筑，也没有太多惊艳。

离开演时间越来越近了，奇怪的是，没有看见一个观众走近剧院。直到离开演不到半个小时了，我们觉得不对劲，去问剧院的工作人员，被告知，剧院在装修，《奥赛罗》改在市郊区的另外一所剧院演出。

这太让我们意外了。没有办法，为了赶上演出，我们只好又花 100 多欧元打出租车去郊外那所剧院。那是一个没有任何特色的看着像俱乐部的剧院。我们紧赶慢赶还是迟到了。看歌剧的规矩是迟到了就不能进场，我们只好在外面等。好不容易等到第一幕演完，剧场休息时，我们才被允许进剧场。眼巴巴等着第二幕开始，谁知道意大利的歌剧是每一幕的演出时间与休息时间一样长。休息时，看到盛装的观众相谈甚欢，才明白他们是借看歌剧来社交的。由于我们是按照在多伦多看歌剧的时间预定回巴黎的火车的，所以，时间比较赶。为了赶火车，我们实际上只看了一幕歌剧便匆匆离开，又由于火车站离剧场很远，为了赶上火车，只好又打出租车。匆匆赶到火车站，火车却晚点了。早知如此，还不如多看一幕歌剧。眼巴巴望着火车缓缓驶进站台，心里满是

◎ 斯卡拉歌剧院

无奈和懊丧。

北京人爱说人倒霉了喝凉水都塞牙缝，此话不假，那天夜里天气很冷，火车里没有暖气，儿子冻感冒发高烧，到了巴黎去看医生，又花了许多钱。

这个米兰一日，没有一件事是顺利的。当时沮丧得要命，现在想起来，却觉得蛮有趣的。人在旅途，什么事都有可能遇到。只要平平安安就是福。再说，这些不顺利，也是旅行中的插曲，隔一段时间来看，还别有一番滋味在其中。

行笔至此，想起了普希金的一句著名的诗句："而那过去了的，就会成为亲切的怀恋"，诚哉斯言！

2019 年 2 月 13 日

那些旅游途中难忘的人和事

俺喜欢旅游，也走了不少地方。旅游的主要目的是看风景，看古迹，同时也是了解异国风情，开阔视野的最佳途径。但是，回想那些旅游中的点点滴滴，最难忘的却是遇到的各色人等。

到达某一个国家，有时只是匆匆一两天，若是跟团，与所到国本地人打交道的机会是很少的。自助游机会多一点。印象中最深的几次“艳遇”让人难忘，在这里写出来，也许能代表一些国家的人的特质，也许只能代表他自己。

都说法国人很为自己的语言骄傲，他们认为那是世界上最优美的语言。而且他们特别不喜欢讲英语。这个说法在我们在法国旅行时得到印证。那是 2005 年我们一家在法国自助游。儿子拿着地图找路，一位白发老人热情地帮忙指路。有趣的是，儿子用英语问路，他却坚持用法语回答，明显感到他是懂英语的，但是就是不讲英语，却非常热情。

国人因着历史的原因恨日本人，但是我们在日本旅游时遇到的日本人却是最热情、最有礼貌、最让人感到温暖的。我三次去日本，每次都得到日本人的帮助。其他不说了，就说问路吧。我们也是拿着地图向一位知识分子模样的中年男士问路，他不懂英语，但识得汉字，我们就用笔谈。他居然给我们画出了一张详细的小地图，连我们要去的地方的那条路的路口的邮箱都标了出来。这不仅说明他记忆力好，也说明他做事严谨。当我们说“Thank you”向他致谢时，他向我们鞠躬，我们致谢一次，他鞠一次躬。最后我们不敢再致谢了，匆匆挥手向他道别，他还在远处向我们点头。

还是问路，这次是在美国纽约州的Elmira. 我们想要去看文学巨匠马克·吐温的墓地。我们住在一个motel里。那时还没有GPS，我们向住在同一个motel里的一位中年美国人问路。他叼着一根雪茄，简单地给我们指出了路径，并且说：“It is just five miles from here，you can't miss it!”在他指路的整个过程中，那根雪茄始终挂在唇边，随着嘴唇的开合上下摆动，但是始终没有掉下来，我呆呆地看着那根奇异的雪茄，觉得他的表情动作语气像极了美国西部电影里的美国佬形象。我们按照他说的找Woodlawn Cemetery墓园，愣是开了40分钟绕着那个小镇子转了好几圈还是找不到，又回到那个motel，那个美国佬依然在室外坐着，叼着一根雪茄，看见我们回来，他笑了，以为我们看完了。当我们说没找到墓园时，他笑得更厉害了，又说了一遍怎么走，然后又是那句话：“It is just five miles from here，you can't miss it!”那根奇妙的雪茄依然在唇边上下摆动。我至今还是不明白那雪茄为什么就像粘在他嘴边似的始终没有掉下来?

在德国柏林的“艳遇”真是奇妙。我们乘地铁去市区，坐在我们旁边的一位德国男子与我们攀谈起来，聊天中得知他来自东柏林，他抱怨前东德人受歧视，工作不好找，工资比西德人低，等等，看得出来他有许多不如意。到站后他下车了。傍晚的时候，我们乘地铁返回住处时，在同一辆地铁上又遇见了他，这实在太巧了！350万人的柏林，地铁几乎两三分钟一趟，居然一天之内两次遇到同一个人。按中国人的说法，千年修得同船渡，我们这是修了多少年的缘分!

同样的事情发生在伦敦。在从爱丁堡回伦敦的火车上，我们的邻座是一个愉快的家庭，那个家庭有爷爷奶奶、年轻的父母、一个 5 岁大的小男孩，一个 1 岁多的小女孩。从来没有见过那么美丽可爱的小女孩，简直一个活的芭比娃娃。穿着粉红色的连衣裙，小脸粉嘟嘟的，像一朵粉红色的玫瑰花苞，湖水一样湛蓝清澈的大眼睛，忽闪着长长的睫毛，金色的头发被绑在头顶，上面插了一朵粉红色的玫瑰花。爷爷奶奶爸爸妈妈肯定是很为这个小女孩骄傲，把她放在座位中间的小桌子上，逗她笑。她奶声奶气的咯咯笑声像天籁之音，吸引了许多人的目光，大家一路上都被这美丽的女孩给迷住了。她带给我们那么美好的视觉与听觉享受。车到伦敦后我们与这一家人挥手道别。大概两天后，我们在伦敦国王十字街火车站旁边行走，我突然被一个婴儿车上的一团粉红色所吸引，定睛一看，竟然是那个可爱的小女孩，看见爷爷奶奶、爸爸妈妈与小哥哥一起从对面走来，太巧了，在大伦敦再次遇到这个美丽的花朵一样的女孩儿真是一种艳遇啊!

旅途中遇到的人大多是友善的，在丹麦的哥本哈根，当我在细雨蒙蒙中漫步街头时，迎面过来的一个绅士猛不丁微笑着对我说：“你好”，带着外国腔的普通话让我莞尔；在波兰过马路时，马路对面一群学生向我们招手带给我们受到欢迎的温馨；在美国一所海军军校附近路遇一个非常英俊的青年海军，当他走近我时，那潇洒的微微抬起帽檐向我致意的动作让我看呆了（哈哈，女人喜欢帅“锅”啊！）。

但是也有不那么友善的，那是在居住着战斗民族的国家俄罗斯。由于从小受的教育的关系，对于喜欢俄国文学、俄国音乐、绘画的我，对俄罗斯的期待超过了任何一个国家。然而，我们在这个国家却遭到了前所未有的蛮横无理。第一次是参观圣彼得堡夏宫时，当我们在夏宫的花园里观赏盛开的郁金香时，来了许多军警，他们迅速地把夏宫花园的大部分围住，几乎是一步一个军警，那阵势仿佛是有什么大事来临。军警们把我们轰出包围圈，并且不允许我们停留。我先生探头望向包围圈内，被一个军官呵斥。我们不知道发生了什么事，后来被告知那天夏宫举行喷泉开喷仪式，有许多政要人物参加仪式，为了他们的安全，游客就要被轰走。无奈地走出夏宫，吃完午饭后，我们在一间公寓外面等候我们的旅行大巴。这时从公寓里走出一个醉汉，通红的脸，朝我们吼叫："This is my country，why you Chinese stay here? Go away，Go away!"他用英语吼叫着要我们滚开！在俄罗斯很难遇到会说英语的，他会说英语至少说明他受过不错的教育，却是如此粗野无礼！我相信大多数俄罗斯人还是善良的，有教养的。

走了不少国家了，大多是愉快的"艳遇"，记住愉快的，忘掉不愉快的。走遍世界是我的夙愿，远方永远有诗。

2019 年 2 月 8 日

后记

这是一本我自己的书，记叙我的经历、心路历程以及与生俱来的对于文学的热爱。我把一些贴在微信里的、博客里的文章整理出来编辑到一起，文章写作前后历经十余载。有些文章是自己的经历，有些是有感而发的小感念，有些是细细碎碎的小心情。有些是自己主动写的，有些是校友网友推着写的。本人正业是码农，说得好听点是电脑程序设计师。每天用那些只有电脑才懂的语言写程序，枯燥乏味到了极点。若不是为稻粱谋，早就不干了。写文章是码字，发现码字比码程序有趣多了。码字的高境界是文学，当然我的这些文字与文学不沾边，但由于对文学的热爱，我码了这许多字。

起先是对自己码的字没有信心的。心想，不管有没有读者，我把自己的经历感想写出来，等到自己老了，许多事情都忘记了，翻读这些文字，能够说："原来我还经历过这么多事，去过这么多地方，有过这么多美好的体验！"这就够了。没想到，第一篇文章贴到《文学城》博客里，就有不少读者，还有点赞和点评，这给了我极大的鼓励，码字的劲头越来越足。但是写的文章比较随意，不成系列。

在我尝试着写回忆录，把自己下南洋闯北美的经历断断续续写出来贴在清华校友群里时，是校友的鼓励甚至"push"让我完成这部分回忆的。特别让我感动的是我的师兄师姐们的留言鼓励。

例如中国医院信息系统的开拓者李包罗学兄在读了我的回忆新加坡的文章后给予我巨大的鼓励。

包罗说：喜英，《下南洋创北美之二》读过了。

你写的是充满活力的在生活的长河中奋力搏击的、热爱生活的活生生的人。明月松间照，清泉石上流，读后如饮香槟。

任何文化作品，诗歌散文，电影戏曲，回忆录，游记，绘画摄影，必须注入作者的情感才能感人。所谓情景文融。读起来的味道，在于体会到作者隐藏在作品字里行间的作者的情绪情感，心里的色彩，精神的冷暖才是真正的好作品，不是强搔读者胳肢窝让他笑，而是会心地笑。

你阅历丰富，与人为善，观察生活细致，又有知识女性所特有的温馨气质和细腻的写作风格，很多校友推崇和爱读你的写的散文和回忆录是很正常的，应该的。

喜英：

任何人的回忆录，游记之类的文章，如果能给读者有以下的“读者体验”(Reader Experience，源自纽约时报)，则为上品，你的能，我爱读。

1. 生命的觉悟。

2. 一颗自由，喜悦与充满爱的心。

3. 走遍天下的气魄。

4. 回归自然，有与大自然连接的能力。

5. 安稳而平和的睡眠。

6. 享受真正属于自己的空间与时间。

7. 彼此深爱的灵魂伴侣。

8. 任何时候都有真正懂你的人。

9. 身体健康，内心富有。

10. 能感染并点燃他人的希望。

我要深深地感谢李包罗，他以更深更广的视角，用高屋建瓴的点评，使我无意识地朦朦胧胧地跟着感觉走的写作有了方向感。特别是“读起来的味道”、“心里的色彩”、“精神的冷暖”让我有醍醐灌顶之感。命运真是无常，当包罗兄同意将他的这段精彩的点评加到我的后记里仅仅十天后，癌症就夺走了他的生命！读着他的点评，眼泪模糊了视线！我要告诉包罗兄，您在天国里定能看到我的进步，我的文字读起来会更有味道，心中的色彩更丰富，精神的冷暖更清晰。

校友钱东石：回忆文章写得很细腻，有声有色，故事很感人，让人回味联想，因为它真实。真的不愧是清华才女，期待你的下一篇。

校友袁仁勇：语言流畅，一口气读完。喜英勇敢又漂亮，真棒。国外闯荡，不容易。请继续，最后成书，取个好听的名字。

我要告诉仁勇兄，谢谢您的鼓励，终于成书了！

校友阎淮：终于盼来了新一集！几天一集，太慢了；八集结束？太快啦！作为中国、新加坡、北美的三重校友老乡，我关注你每一篇文章。祖国共同的哀乐无奈、星洲同期的五年拼搏，北美近二十年的安居乐业；我们原本素昧平生，但人生轨迹近距离平行同步推进。故，对你的佳文格外亲切。

阎淮兄，您的为人，您的勇气，您的行动，都是我的表率，有幸与您的人生轨迹重叠，是我的荣幸。

校友王克斌：喜英，圆满的历程，成功的道路。

克斌兄，同为海外赤子，我们深知海外打拼的甜酸苦辣。您作为清华兼斯坦福双层象牙塔里走出来的精英，时刻怀抱一颗忧国忧民之心，令人敬佩！

校友汪晓光：喜英，在京城这接连数日的桑拿煎熬中，读你的美文，真是一种享受，如饮甘霖，周身清凉。

晓光姐，您的赞赏是我的甘霖，给了我继续码字的动力，深深感谢。

校友孙毓星：在你的描述下，加拿大黄昏真美，情景交融令人神往。

毓星兄，谢谢您的鼓励。努力地把自己的所见所感描写出来正是我追求的文学美。当我读了雨果《93年》里对那尊在战舰上失控的大炮的描述，马尔克斯在《霍乱时期的爱情》里对那只致医生死亡的鹦鹉的描述，果戈理在《死魂灵》里对俄罗斯大自然之美的讴歌，我就坚信，这世界上没有任何艺术可以取代文学。

还有许多热情的鼓励和真诚的点赞，我就不一一罗列了。

正是由于对文学的热爱，使我记录下来许多往事。在本书的第三部分《美国往事》里我记录了1987年在美国加州蒙特雷市培训的往事。当现在的中国留学生开豪车、住豪宅、顿顿吃餐馆或外卖过着挥金如土的留学生活的时候，他们可能很难想象80年代赴美的中国人连一瓶可乐都舍不得买的窘迫。

在《美国往事》里可以看到一对美国夫妇对我这个中国人坚守了32年的友情，那种对一份友情的执着与珍惜让我感受到人间至纯至诚的真情。就在本书编辑的时候，我的好朋友Jane被癌症夺去了生命。亲爱的Jane，我打开那些记录我们之间友情的文字，用朦胧的泪眼重温了我们交往的点点滴滴，心中溢满了感动和对你的思念。幸亏我用文字记录了我们之间故事，那种温情永远暖着我的心。

我记录了许多在加拿大生活的所见所闻所感，这些文字中有追忆，有怀旧，有感时。更多的是对加拿大生活的感恩。对宽厚善良的加拿大人的感激。

我记录了我走过的国内外风景名胜，不仅有照片，更重要的是身临其境的感受。这些感受会随着时间的推移变淡，因此有必要记录下来。正如一句名言所说的："再淡的墨水也胜过最强的记忆力"。连我自己在时隔多年后再次阅读这些游记时，还有新鲜之感，还会想："哦，那时我居然有如此感受！"所以，写游记是有意义的。如果读者能从这些游记中获益，则甚感欣慰。

我记录了儿子的成长经历、抱着孙女的温暖感觉，这一切都会成为家庭的精神财富。当某一天，我的后代问起来："我们的祖先是如何从中国来到北美的？"我希望他们能在这本书中找到答案。他们可以为他们的祖先骄傲，因为他们是经历了艰苦的努力、奋斗，才在新大陆站稳了脚跟。

我要感谢资深编审，我的清华校友张比兄，他对我的文字给予褒奖，并且将我列入《一个值得关注的特殊文学现象——清华理工科校友的文学写作述评》之中，让我与那些出色的清华校友并列。这使我又欣喜又惭愧。我将其视为一种鼓励，希望无愧于张比学兄的厚望。

我要感谢我的学长胡志坤，几乎每一篇文章都会博得他的一首诗，那些充满灵气的诗句给我的写作增添了许多快乐。

我要感谢我的学长林海，他把我的文章制作成精美的手机版，方便了众人的阅读。他还为此书设计了封面。他的博学多才、乐于助人的精神让人敬佩。

我要感谢我的中学校友，中国一级作家，中国作协会员，出版多部文学作品的杰出作家毛守仁拨冗为本书写序。他读本书是那样认真，几乎一字不落，给我找出了不少笔误和错误。同时，用他的才情、他的优美的文笔写出了一篇洋溢着热情和才华的序。

最后我要感谢这个伟大的时代，它的进步为人们走向世界打开了无限宽广的道路！